KB209969

로
아

로아

최정나 소설

작가
정신

불가능한 재현을 시도하며

『로아』를 쓸 때는 M.C. 에셔의 〈판화 화랑Print Gallery〉을 떠올리고는 했는데, 표지를 처음 보았을 때는 르네 마그리트의 〈금지된 재현Not to Be Reproduced〉이 떠올랐다.

몇 해 전 〈초현실주의 거장들: 로테르담 보이만스 판뵈닝언 박물관 걸작전〉을 보려고 미술관에 갔다. 전시 마지막 날인 3월 6일로 기억하는데 분명하지는 않다.

전시관 입구에 〈금지된 재현〉 속 거울을 본떠 만

든 설치물이 있었다. 거울 안에 거울이 끝없이 이어지는 구조로 관람객이 다가가면 복제된 작품 안으로 다시 복제되어 들어갈 수 있는 증강현실 포토존이었다. 사람들이 거울에 비친 자기 모습을 찍으려고 줄을 섰다. 나도 순서를 기다려 거울에 내 모습을 비췄다. 그러나 거울은 실제를 반영하지 않았다. 당연히 앞모습이 보여야 할 거울에는 얼굴 대신 내 뒤통수만 있었다. 그것도 수없이 복제된 내 뒤통수들만. 현실을 되비치지 않는 거울 앞에서 재현은 불가능해진다.

로아는 금지당한 재현을 시도한다. 산산이 부서져 수많은 로아가 된다. 로아이면서도 로아가 아닌 모습으로, 새롭게. 동시에 그것을 보는 하나의 시선이 된다. 이것은 분명하다. 그렇다고 치자.

2024년 겨울
최정나

차
례

* 일러두기

본문 중에 다소 폭력적이고 잔인한 표현이 있을 수 있어, 이와 관련된 정신적 외상이 있으신 분들은 주의해주시기 바랍니다.

1

이를테면 방치한 게 있다고 치자. 오랫동안 미뤄
두었던 게 있다고 치자. 그런데 어느 날 그게 들이
닥쳤다. 그렇다고 치자. 왜 그렇냐고? 이유가 뭐가
중요한가? 이유는 마음을 편히 하기 위한 허상일
뿐이다. 구실이고 핑계다. 하지만 그런 이유로 이유
를 찾아보자면 이렇다.

친모의 생일을 앞둔 어느 밤 편지를 써야겠다
고 생각하고는 편지지를 꺼내들었다. 환갑에 지인
을 초대했고, 편지글을 낭독하는 정성이라도 보이

기 위해서였다. 대다수 사람은 남들보다 돋보일 수 있는 이벤트를 좋아했고, 그것은 친모도 마찬가지였다. 요즘은 아무도 하지 않는 환갑 축하연을 위해 일가친척과 지인을 시내의 한 특급호텔로 불러 그들에게 완벽한 가족의 모습을 보여주고자 했다. 우리가 얼마나 잘사는지, 얼마나 화목한지 전시하고자 했다.

그러나 나는 편지지를 앞에 두고 며칠이 지나도록 아무것도 쓸 수 없었다. 사랑과 감사의 인사로 가득 찰 것으로 예상했던 편지는 결국 공백으로 남게 되었다. 공백의 편지지 안에서 친모에 대한 내 사랑의 믿음은 완전히 붕괴되었다. 그 후로 나는 가족 모임에서 여러 문제를 일으켰다. 적어도 겉으로는 화목해 보이는 집안 분위기를 망치고 있었다. 나는 느닷없이 내 앞을 가로막고 들어선 거대한 공백의 편지를, 분명 아무것도 쓰이지 않았지만 그래서 오히려 더 많은 이야기가 담겨 있는 공백의 실체를 만나야 했다. 그러자 오래전 내가 썼던 편지들이 생각났다.

아니다. 그게 아니다. 이유는 이렇다. 어느 날 나

는 거의 모든 사람이 마음의 상처로 인해 괴로워한 다는 걸 알았다. 나는 그들의 상처에 대해 들었고, 때로는 그들의 아픔을 공감해 상대방을 위로하거나 함께 눈물을 흘리기도 했다. 그러다가 문득, 상처받 은 사람이 이토록 많은데 상처를 준 사람들은 다 어 디에 있는 걸까, 궁금했다. 이야기를 들으면 가해자 가 수두룩한데 주위를 보면 가해자는 없고 피해자 만 수두룩했다. 모두가 다 피해자인데 도대체 누가 가해했다는 말인가? 상처를 줬다는 사람이 하나도 없는데 그 많은 상처는 다 어디서 비롯된 걸까? 모 두가 가해자라 가해자가 없는 걸까?

그런 의문이 든 뒤로 나는 지나친 자기 연민에 빠 져 상처받았다고 말하는 사람들에게 되레 상처받았 다. 제 상처만 아프다는 사람들은 세상이 자기를 위 해 존재한다고 믿는 듯했다. 고통을 삶의 한 부분으 로 받아들이지 않았고 약간의 불편함도 견디지 못 했다. 자신을 들여다보는 대신 타인을 들여다보며 자신을 망치고 타인을 망쳤다. 그리고 제 고통의 탓 을 남에게 돌리다 못해 각자가 심판관이 되어 타인 을 벌했다. 제가 받은 폭력을 또 다른 폭력으로 돌려주면서 자신은 피해자라 믿었다.

아니다. 이유는 실제와는 다르다. 따라서 이유를 다시 들어보자면 다음과 같다. 어느 날 뒤통수를 세게 얻어맞아 눈앞이 노래지더니 일순 깜깜해졌다. 누가 때렸는지는 모르겠고, 나는 그 뒤로 눈을 뜨지 못하고 있다. 그제야 내가 미처 인식하지 못해 방치해놓은 것이 기억 속에서 촉수를 뻗쳐 왔다고 치자. 촉수에 의해 내상을 입었다고 치자. 그래서 이제라도 어긋난 걸 바로잡고 싶었다. 그렇다고 치자.

그런 이유로 나의 의식은 기억 속으로 들어간다. 다른 시간으로 옮겨 간다. 그러나 이 회귀는 누군가를 이해하려는 시도가 아니라는 점을 명백히 밝혀두고 싶다. 이해하지 못하는 것을 이해한다고 하면서 내 마음을 편히 하려는 게 아니다. 과거로 돌아가 현재를 보려는 것이다. 그 세계에서 내게 그리고 내 가족에게 어떤 일이 일어났는지 알고 싶은 것이다. 오랫동안 방치했던 것을 마주하고, 공백의 편지지 안에 담겨 있는 거대한 벽을 파괴하려는 것이다. 그러려면 나를 둘러싼 세계에 어떤 일이 있었는지를 똑똑히 봐야 했다. 거기서 새로운 씨앗이 움틀 거였다. 그 때문에 나는 네가 되어본다. 언니가 되어 나를 본다. 그리고 너의 눈으로 나의 세상을 본다.

2

　차가우면서도 따뜻한 것, 딱딱하면서도 부드러운 것, 쥐었을 때 착 감겨 와 순식간에 틈을 벌리고는 금세 다시 밀착해 오는 것, 캐러멜 아이스크림처럼 쫀득하게 달라붙었다가 밀반죽처럼 찰박하게 떨어지는 명랑하고 유쾌한 것, 어느 순간 손바닥과 완전히 하나가 되는 나무막대기, 나는 누군가의 등을 믿지 않으니 마음 놓고 의지할 수 있는 막대기가 필요하다. 나뭇결은 호랑이 무늬, 손잡이 부분은 밝은 황금빛, 위로 올라갈수록 자갈빛에서 짙은 붉은빛으로 변하는 장미목 막대기. 내게서 장미향이 날 테지. 음악이 흘러나올지도 몰라. 손에 꼭 들어맞는 일 미터 길이의 막대기만 있으면 마법을 부릴 수도 있을 듯한 기분. 그러나 내게는 그런 막대기가 없다. 내게 결핍을 주는 아름다운 막대기.

내가 두려움에 떨고 있을 때 너는 갓 구워 나온 빵을 먹었지. 아무것도 모른 채 그들의 무릎을 베고 잠이 들었지. 어둠 속에 흘러든 단 하나의 빛줄기를 네가 훔쳤지. 밤마다 수없이 되뇌는 내 복수의 다짐.

로아가 돌아온 건 몇 년 만이지? 로아는 태어난 지 몇 달 지나지 않아 엄마의 지인과 또 다른 지인 집으로 옮겨졌다가 세 살이 되었을 때 친가에 맡겨졌다. 엄마는 지도의 끝 작은 섬마을에 로아를 데려다 놓고는 데려오기 전까지 단 한 번도 찾아가지 않았다.

로아는 유기되었다. 내가 방치되었듯.

칠 년 만에 다시 만난 로아는 우리를 기억하지 못했다. 이름을 지어줬으니 우리한테는 낯선 존재가 아니었지만, 로아는 그렇지 않았다. 그래서 주인 잃은 개처럼 어리벙벙한 얼굴로 잔뜩 주눅 들었다.

그곳에서 너는 꽤 사랑받았나 봐. 집으로 돌아온 로아는 딸기 모양의 천을 덧댄 복숭앗빛 원피스를 입고 있었다. 자줏빛 가방 안에서는 초콜릿 버터 향이 풍겨 나왔다. 내가 가방을 물끄러미 보자 로아는 수줍게 미소 지으며 그 안에 있는 것을 꺼내 내게 줬다.

뺑오쇼콜라, 로아를 처음 본 날이 기억나지 않으니 내게는 그 모습이 첫인상이었다. 나는 드디어 내 편이 생겼다는 기쁨에 사로잡혔다. 내 마음을 알아주고, 내 말에 귀 기울여줄 나만의 애착인형이 생긴 듯한 기분에 로아와 함께할 수 있는 많은 일들을 떠올렸다. 나와 똑같이 생각하고 나와 똑같이 말하고 나와 똑같이 행동할 또 다른 내가 있다고 생각하자 마음이 포근했다. 로아도 말을 잘 들었다. 가진 걸 내주고는 내 뒤를 졸졸 따라다녔다. 나는 로아와 함께 있는 게 좋았고, 로아를 나만의 것이라 여겼고, 무엇이든 들어 있을 것 같은 로아의 가방도 내 것이라고 믿었다. 로아가 가진 것과, 가지게 될 것이 모두 내 것이었다.

하지만 로아는 내가 원하는 대로만 하지 않았다.

나와 함께 있다가도 엄마가 퇴근해 돌아오면 그 뒤를 졸졸 따랐다. 엄마의 품에 안겨 있는 것도 모자라 엄마가 데려온 남자의 무릎을 베고 잠이 들었다. 나는 배신감에 치를 떨었다. 잘못을 바로잡으려면 통제할 수 있어야 하고 그러려면 엄마보다 더 강해져야 했다.

싱거우면 기억에 남지 않으니까 강렬한 첫인상을 선사해야지. 나는 로아가 평생 기억하게 될 나의 첫인상을 어떻게 만들 것인가에 대해 숙고하느라 며칠 밤을 지새웠다. 말을 잘 듣게 하려면 두려움을 심어줘야 하고, 두려움은 첫인상에서 시작되므로 한 번뿐인 기회를 놓치지 않기 위해 치밀하게 준비해야 했다. 그러다가 이 계획은 실패할 수 없다는 걸 깨달았다. 성공할 때까지 다시 시도하면 되는 거였다. 공포감이 최고조에 달한 어느 날, 로아가 죽을 때까지 잊지 못할 내 첫인상이 만들어질 거였다.

처음에는 로아의 볼을 건드려보는 것으로 시작했다. 로아는 나를 의심하지 않았다. 그 때문에 나는 로아를 더 괴롭히고 싶었고 실제로 그렇게 했다. 뺨을 쓰다듬는 체하다가 쥐어박거나 머리카락을 잡아당겼다. 로아는 아픈 내색도 하지 않고 내 표정을 살폈다. 나는 계획에 따라 적절하게 대처했다. 아무 일도 아니라는 듯 행동하거나 실수인 척 미소 지었다. 로아는 나를 물끄러미 보다가 시선이 마주치면 멍청한 표정을 지어 보이며 헤헤 웃었다. 아무에게나 안기는 것도 잘하더니 괴롭힘을 당해도 샐쭉샐쭉 웃었다.

그렇게 잘 웃어서 사랑받았나 봐.

로아가 살아온 세계는 몇 번이나 뒤집혔고, 또다시 세계가 뒤집히고 있는데도 그랬다.

살기 위해서는 웃어야 했겠지.

나는 일기예보에 주의를 기울이며 한파를 기다렸다. 그리고 그날이 왔다. 실행에 옮기기까지 내가 얼마나 주도면밀하게 움직였는지를 생각하면 스스로 눈물겨웠다. 그렇게 최선을 다하자 어느 순간 생각이 다채롭게 뻗어가더니 입체적인 형태를 띠었다. 생각은 저 혼자 진화했고, 나는 무엇을 해야 할지 저절로 알게 되었다.

엄마가 집을 비우자마자 보일러를 끈 다음 유리창을 모두 열었다. 기다리는 동안 외부의 시선이 들어오는 곳은 없는지 꼼꼼히 살피며 마지막 점검을 마쳤다. 집에서 얼어 죽는다고 해도 이상하지 않을 때쯤, 욕조에 차가운 물을 한가득 받아두고 로아를 불렀다. 욕실 앞으로 조르르 달려온 로아를 향해 부드러운 목소리로 말했다.

"목욕하자."

나는 내가 만든 세계를 빨리 보여주고 싶어서 로아에게 어서 들어오라고 손짓했다. 로아는 겁이 나는지 눈만 끔뻑거리며 움직이지 않았다.

"왜 이렇게 말을 안 듣는 걸까? 세상에 하나밖에 없는 언니 말을 잘 들어야지."

나는 내게 빵을 건넨 그날의 로아처럼 미소 지어 보이며 상냥하게 말했다. 로아는 겁먹은 얼굴로 나를 봤다. 나는 로아를 잡아채 그대로 발가벗겨서 욕조로 밀어 넣었다. 로아는 기겁해서 물 밖으로 튀어나오려고 했다. 첫인상이 중요하니까 물러서면 안 되었다. 나는 어깨에 힘을 실어 로아의 머리통을 물에 처넣었다. 한참 만에 물 밖으로 얼굴을 내민 로아는 입술을 덜덜 떨면서 숨을 몰아쉬었다. 괴로워하는 로아를 보니 희열이 피어올랐다. 머리끝까지

물에 넣고는 일 분, 그리고 다시 일 분, 그렇게 몇 번
을 반복했다. 그러자 팔을 들어 올리는 시늉만으로
도 로아는 머리를 움찔거리며 얼굴의 반을 물속으
로 들이밀었다. 아무도 로아를 편들지 않았다. 당연
하지. 아무도 없으니까. 로아도 그 사실을 아는지 반
항하지 않았다. 두려움이 있어야 복종한다.

　로아의 간절한 시선이 욕실 유리창에 가닿았다.
창으로 건너편 건물의 유리창이 보였다. 그 너머는
주방 개수대였는데 사람이 있는 것 같지는 않았고,
창가에 놓인 작은 화분 몇 개가 외부의 시선을 차단
하는 역할을 했다. 하지만 누군가의 신고로 경찰이
들이닥치면 곤란하니까 나는 롤 블라인드를 내렸다.

　암막 블라인드 가장자리로 햇살이 들어와 창가
에 네모난 빛의 틀이 생겨났다. 빛은 예배당 십자가
에서 퍼져 나오는 조명을 닮아 있었다. 그 때문에
욕실은 성스러워 보이기까지 했다. 나는 축복을 내
리는 듯한 손길로 로아를 물에 담갔다. 그간의 기억
따위는 모두 잊고 내게 복속하라는 의미였다. 물에
잠긴 내 손등 위에서 빛과 그림자가 교차하더니 물
결무늬의 빛이 이리저리 흔들렸다. 빛 속에서 욕실

전체가 너울졌고, 너울 안에서 수많은 빛이 출렁였다. 빛은 천장으로 흘러들었다가 로아의 얼굴로 비쳐 들었다. 로아의 젖은 얼굴에 아름다운 얼룩무늬가 생겨났다. 그 모습이 황홀해 나는 한동안 로아의 몸에서 눈을 뗄 수 없었다. 로아는 새끼 고양이처럼 불안한 시선을 사방으로 흩트렸다. 나는 로아를 다시 물에 처넣었다.

로아는 죽은 듯 움직이지 않다가도 내가 상태를 확인하려고 몸을 숙이면 물 밖으로 튀어나와 눈을 번쩍 떴다. 나는 조금 뒤로 물러나 로아의 몸에 검은 그림자를 드리웠다. 그러고는 두려움에 찬 로아의 얼굴을 들여다봤다. 동공이 벌어지면서 색이 바뀌는 홍채를 봤다. 체온을 높이기 위해 수축하는 혈관을, 모세혈관이 드러나면서 지저분해진 뺨을, 이마에 뿔처럼 돋아난 굵은 혈관을 봤다. 앙큼한 것! 나는 이마를 찰싹찰싹 치고는 검지로 혈관을 꾹 눌러 머리끝까지 물에 담갔다. 욕조 안에서 로아의 검은 머리카락이 말갈기처럼 흩날렸다.

죽지는 않겠지?

죽으면 어쩌나?

21

죽여버릴까?

나는 두려움에 엉켜든 이상한 쾌감을 느끼며 머리채를 잡아 로아를 밖으로 끄집어냈다. 로아가 넘어질 듯 휘청이며 욕조 밖으로 나와 맨몸으로 섰다. 나는 에너지를 아끼려고 변화하는 로아의 몸을 봤다. 짙은 색으로 변한 입술 사이로 뜨거운 김이 흘러나와 허공에 흩어졌다. 골격근도 수축하는지 이를 딱딱 부딪쳤다. 욕실에 이 부딪치는 소리가 요란하게 울려 퍼졌다.

네 장기는 왜 아직도 따뜻한 거지?

그 순간 창가를 바라보는 로아의 얼굴에 희미하게 미소가 떠오른 듯 보였다. 그러나 다음 순간 눈동자가 차갑게 변하는가 싶더니 속이 보이지 않는 검은빛으로 바뀌는 거였다. 긍지를 갖는다는 건 앞으로의 삶이 불편해진다는 것을 의미했다. 희망을 품는 것도 마찬가지, 희망은 절망의 다른 표현이었다. 나는 그것을 알고 있었다.

살고자 하는 로아의 얼굴, 그 얼굴에 드리운 공포, 그러다가 다시금 차갑게 얼어붙는 로아의 눈빛을 보는 것은 나를 고통스러운 쾌락으로 마비시켰다. 나는 어떤 열기 속에서 더욱 가혹해져야 한다는 것을 본능적으로 알았다. 속을 알 수 없는 것은 공격해야 한다고, 공격하지 않으면 오히려 공격당한다고, 아름다운 것은 짓밟아야 한다고, 로아를 죽이지 않으면 내가 죽게 된다고, 욕실 가운데 떠도는 빛이 내게 속삭이고 있었다.

나는 로아를 때렸다. 사람을 죽이는 게 어쩌면 어려운 일이 아닐 수도 있다고 생각하며 폭력의 수위를 점점 더 높여갔다. 복부를 차면 로아는 바닥에 엎어져 작은 몸을 더욱 둥글게 말았다. 등을 때리면 옆으로 휘어졌고, 옆구리를 차면 앞으로 고꾸라지면서 점점 더 부들부들하고 흐물흐물해졌다. 전율 속에 손이 덜덜 떨려왔다. 정말 로아를 죽일 수도 있을 것 같았다.

누가 나 좀 말려줘!

속으로 부르짖었지만, 나를 말릴 사람 또한 아무도 없었다.

나는 처절해서 아름다운 로아의 모습에 잠시 매료되어 있다가 욕실을 치우라고 명령했다. 로아는 바닥을 기어다니며 어질러진 물건들을 제자리에 두었다. 나는 로아가 욕실을 정리하는 모습을 지켜봤다. 그러고는 물을 한가득 받은 대야를 건네며 소리쳤다.

"하늘 높이 처들고 있어! 한 방울이라도 흘리면 죽을 줄 알아!"

매섭게 몰아치는 바람에 들썩이는 블라인드처럼 로아의 가슴도 위아래로 들썩거렸다. 부풀었다가 줄어드는 작은 흉곽 안에서 빠르게 뛰는 심장 소리가 내 귓전을 울렸다. 나는 다시 로아를 봤다. 갈비뼈에서 흉골을 따라 빗장뼈를, 가느다란 목 양옆을 사선으로 가르는 경동맥을, 그리고 이마로 이어지는 정맥을 봤다. 몸에 생겨난 멍 자국을, 상처에 맺힌 핏방울을 봤다.

바람에 블라인드가 또 한 번 들썩였다. 욕실에 머물던 빛이 이리저리 흔들리자 성스러웠던 실내는 한순간에 빛이 요동치는 난파선으로 변했다. 방긋 웃던 로아의 눈에 눈물이 차올랐다. 끝을 알 수 없을 듯했던 검은 눈동자 대신 공포에 떠는 불안한 시선이 갈 곳을 잃고 어지러이 흩어졌다. 충성심을 갖출 수 있는 조건이 만들어졌다. 로아는 완전히 고립

되었다. 그제야 로아를 소유했다는 기쁨이 온몸을 관통하고 지나갔다.

나는 분열되고 쪼개져 로아의 몸에서 불사의 존재가 될 거였다. 살과 뼈에 각인처럼 새겨져 로아 안에서 영원히 살아갈 거였다. 그들이 내게 그런 것처럼 몸에서 몸으로, 다른 몸에서 또 다른 몸으로 끝없이 이어질 거였다.

나는 방치하는 언니가 아니다. 나는 열네 살, 일곱 살이나 많은 로아의 언니다. 짓밟아야 로아도, 나도 살 수 있다. 누구도 구해주지 않는 아이, 누구도 관심 두지 않는 아이, 길에서 태어나 길에 버려진 아이, 길바닥에서 살아온 아이, 그게 로아이고 동시에 나다.

나는 발가벗긴 로아를 옥상으로 올려 보냈다. 그러나 이내 좋은 결정이 아니라는 것을 알게 되었다. 로아의 고통을 볼 수도, 우위를 점한 나를 느낄 수도 없을뿐더러 이웃의 시선이 예기치 않은 결과로 이어질지도 몰랐다. 그것은 통제 밖의 상황이 벌어진다는 걸 의미했다. 게다가 로아가 정말 죽기라도 한다면 손해를 입는 건 나였다. 애착인형이 영영 사라지면 곤란하니까.

어떤 일이든 처음은 미숙해서 보완해야 할 점이 많았다. 세련되지도 사회적이지도 않았다. 그날의 실수를 통해, 그리고 그 뒤로 이어진 또 다른 크고 작은 실수를 통해 나는 조금 더 이성적이고 합리적인 태도로 움직여야 한다는 걸 배울 수 있었다.

로아를 다루는 방식은 교묘해졌다. 경험치가 쌓여갈수록 매질의 강도를 조절할 수도 있었다. 하지만 실제로는 내가 정확히 무엇을 원하는지 알지 못했고, 다만 로아에게서 살아갈 에너지를 얻었다. 로아는 나의 동력이었다. 식재료 하나하나 죽음 아닌 게 없듯 살아가기 위해서는 누구나 새로운 희생물이 필요한 거였다. 결국 시도와 실패가 완전히 헛일은 아니었다.

그날 이후 로아는 내게 말을 걸지 않았다. 엄마가 없을 때 나를 따라다니는 것도 그만두었다. 내가 하는 행동을 더는 흉내 내지도 않았다. 대신 내 눈치를 살폈다. 늘 두려움에 떨었고, 공포에 질려 있었다. 다시 말해 로아는 내가 사랑하는 만큼 나를 사랑하는 것 같지 않았다. 나는 그 모습에 더욱 화가 났다. 화가 날 때마다 구실을 만들어 로아를 때렸는데 하루에도 몇 번씩 화가 날 때가 많았으므로 그럴 때마다 로아를 팼다.

시간이 지나면서 때리는 것도 지쳐갔다. 온몸이 다 아팠다. 그래서 괴롭힐 수 있는 다양한 방법을 고안해냈는데 계획적이라기보다는 저절로 그렇게 되었다. 로아는 내가 원하는 것은 무엇이든 했다. 나의 손이 되어 리모컨을 켰고, 나의 다리가 되어 마트를 다녀왔다. 엄마를 향한 칼날이 되었고, 때로는 그 자체로 쾌락이 되었다. 나는 로아가 종일 무엇을 하는지 알았다. 엄마에게 어떻게 행동하는지 알았고, 엄마가 어떻게 대하는지도 알았다. 심지어 로아가 숨겨둔 저금통이 어디에 있는 줄도 알았다. 로아는 자기 것을 모두 빼앗기는데도 당연하다는 듯 수긍했다. 내가 손바닥을 높이 처들면 로아는 몸을 한껏 움츠리며 눈을 꼭 감았다가 뜨고는 군소리 없이 모아둔 돈을 가지고 왔다. 그러면 나는 그 돈을 받은 다음 뺨을 후려쳤다.

그런데도 나는 로아가 의심스러웠고, 의심은 곧 불안이 되었다. 나는 로아의 방을 뒤졌다. *꼬깃꼬깃*

접힌 지폐나 탐나는 물건을 발견하면 그 즉시 죽지 않을 정도로만 로아를 팼다.

하나밖에 없는 언니한테 거짓말을 해? 이건 엄연한 은닉죄야!

그 무렵 나는 권력의 맛을 알아갈 때라서 알고 있는 법률 용어를 총동원해 로아를 몰아세웠다. 남의 걸 훔치는 도둑년이라고 소리치며 죄의식을 심어줬다. 교실에서 잃어버리거나 도둑맞은 물건들을 로아한테서 빼앗았다. 사람은 자기 것을 지키기 위해서라도 저항하기 마련이다. 하지만 로아는 그러지 않았다. 반항하지 않는 아이, 반항할 생각조차 하지 못하는 아이, 로아에게 나는 곧 신이었다.

엄마도 나를 건드리지 못했다. 관여하면 할수록 로아의 상태는 나빠졌다. 방치했던 아이를 더욱 방치하면서도 죄책감조차 느끼지 않았다. 나는 로아를 이용해 엄마 것을 빼앗을 수도 있었다. 엄마는 내게 부탁할 게 있을 때마다 돈을 줬다. 로아와 함께 맛있는 걸 사 먹으라고 했다. 세상에 하나밖에 없는 동생을 잘 돌보라면서.

부질없는 희망을 버리지 못하는 것은 무지이고

이기이다. 안일한 태도로 돈을 주며 내 행동이 바뀌기를 바라는 것은 애초에 말이 되지 않는 기대이다.

엄마도 그 사실을 알았는지 언젠가부터 집에 와서는 죽은 듯 잠만 잤다. 그 모습이 마치 자기 뇌를 소화해버린 멍게처럼 보였다. 자신의 쾌락과 생명 유지 외에는 아무것도 생각하지 않은 채 생존을 이어갔다. 나는 엄마와는 달랐다. 말하자면 진화체였다. 엄마는 자기가 하는 행동이 어떤 건지도 모르고 했지만 나는 아니었다. 로아는 경제적 체계에서는 재화가, 계급적 체계에서는 소유물이 되어 나를 우위에 있도록 만들었다. 임상시험의 아카이브, 무궁무진한 자원의 보고였다. 무엇보다 내게 로아는 쾌락 그 자체였다.

나는 힘을 더욱더 키웠다. 그리고 제왕의 자리에 올라 절대 권력을 휘둘렀다. 집에서 배운 건 학교에서도 유용하게 쓰였다. 누군가를 괴롭히면서 힘을 키웠고, 군림했고, 대단한 사람이 된 기쁨을 느꼈다. 논리와 명분을 만들고 전략과 전술을 수립해 나를 위장했는데 동급생들도 각자의 방식으로 나와 똑같이 행동하고 있었다. 누군가를 죄인으로 만들고는 무리 지어 단죄하면서 나머지는 결속을 다졌고, 그 중 몇은 서열을 다퉜다. 자칫 내가 당할 수도 있었으므로 나는 윤리와 도덕, 상식과 관습, 정의와 연대 등 이용할 수 있는 것들은 모두 이용해 철두철미하게 움직였다.

사실 로아가 온 뒤로 학교에서 일어나는 일들이 시시하게 여겨졌다. 나는 그런 애송이들하고는 차원이 달랐다. 아니, 달라졌다. 그들은 더는 내 관심을 끌지 못했지만 존재감을 드러내지 않으면 역으로 당하게 되어 있으므로 학교에서는 적당히 장난을 치며 지냈다. 멍청해 보이는 애들에게 누명을 씌우거나 특출나 보이는 애들을 고립시키거나 하는 정도의 가벼운 장난. 동시에 신고당할 것을 대비해 늘 방비책을 마련해놓았다. 계획이 서너 가지는 있어야 힘의 우위를 점할 수 있었다. 한마디로 상식선에서 괴롭혔다는 뜻이다. 사회와 개인의 욕망이 일치하면 그 안에서 어떤 짓을 하더라도 무방했고, 나는 그것을 이용할 줄 알았으니까.

로아는 열 살이 되었다. 로아는 제 방에서 잠이 들었다. 나는 장미목 막대기로 보드라운 로아의 뺨을 찰싹찰싹 치는 것을 상상하며 규칙적으로 들려오는 숨소리에 귀 기울였다. 코에 강한 타격감이 가도록 때리면 충격이 비강으로 전달될 테고, 종이 울려 몸 전체로 퍼져나갈 거였다.

네 몸에서 종소리가 나겠지. 종이 울리면 신음이 새어 나오겠지. 고른 숨소리 대신 거친 숨소리가 들려올 거야.

당장 로아를 후려치고 싶은 욕구에 휩싸였지만, 집에는 엄마가 잠들어 있으므로 기다리는 편이 나았다. 갑자기 줄을 서서 기다리던 놀이기구가 내 앞에서 작동을 멈춘 듯한 기분이 들어 몹시 불쾌해졌다.

나는 새벽녘까지 방 안을 서성였다. 붙박이장을 열어 그 안을 살피고는 책상 서랍도 뒤졌다. 그러나 눈에 띄는 게 없어 밖으로 나왔다. 이 층 복도에 두 개의 방이 나란히 붙어 있었는데 하나는 로아가 쓰는 방이었고 다른 하나는 내 방이었다. 맞은편 욕실 옆에는 옥상으로 올라가는 좁은 계단이 있었다. 나는 로아의 방 앞으로 가 문에 귀를 대고 잠시 서 있었다. 그러고는 복도를 지나 아래층으로 내려갔다.

계단 끝에 멈춰 서자 어둠 속에 현관이 마주 보

였다. 현관 양옆의 고정창은 블라인드로 가려져 외부의 시선을 차단했다. 창밖은 곧바로 골목이었다. 거리의 불빛이 희미하게 들어와 창가에 놓인 이인용 소파와 두 개의 의자, 낮은 테이블이 있는 거실을 비췄다. 거실과 주방을 분리하는 격자무늬의 원목 칸막이 너머에는 네 명이 겨우 앉을 수 있는 둥근 식탁이 놓여 있었다. 지층에는 엄마가 잠들어 있을 거였다. 지하 무덤의 시체처럼.

집은 경매로 장만한 거였다. 열 평쯤 되는 소형주택으로 지층과 옥상이 딸린 이층집이었다. 건물이라고 하기에도 주택이라고 하기에도 애매했다. 좁고 비실용적인 구조일 뿐 아니라 오래전 이곳에서 불미스러운 일이 있었다는 이유로 경매에서 몇 번이나 유찰된 곳이었다. 전세 사기를 당한 엄마가 피해액을 줄이고자 이 집을 매입했다.

나는 불을 켜고 현관 쪽으로 갔다. 우산꽂이에 여러 개의 우산이 꽂혀 있는 게 보였다. 자동차와 골프 브랜드 로고가 프린트된 우산 몇 개를 꺼내 끈을 꽉 조여 단단히 고정했다. 그리고 손잡이 끝에 나무 방울이 달린 우산 하나를 거꾸로 들고 허공에 휘둘

럿다. 우산천에 휘감긴 중봉이 엉덩이에 가닿고, 이어서 나무 방울이 허벅지에 박혀들면 로아의 몸에 가로로 느낌표 자국이 나겠지. 몸에 난 자국처럼 마음에도 선명한 흔적이 남을 테지. 그러나 중봉은 방수천에 휘감긴 탓에 바람의 저항을 이기지 못했다. 둔하고 느린 데다가 손에 잘 들어맞지도 않았다. 손잡이 부분을 쥐고 다시 휘둘러보았으나 거꾸로 들었을 때보다 허공을 가르는 속도가 느렸다. 게다가 손을 다치지 않으려면 나무 방울을 쥔 채 휘둘러야 했다.

나는 우산을 제자리에 놓고 뒤돌아섰다. 현관 거울이 나를 비추고 있었다. 거울 아래쪽에 기다란 구둣주걱이 부착돼 있는 게 눈에 들어왔다. 상표도 떼지 않은 새것이었다. 칠십오 센티미터의 구둣주걱은 하드우드로 분류되는 너도밤나무로 깎아 만든 거였다. 아무도 쓰지 않는 구둣주걱이었기에 어디서 난 건지 의아했는데 둘러보면 그런 물건이 많았다. 곳곳에 불필요한 물건이 한가득 쌓여 있었다. 나는 주걱 부분으로 손바닥을 때려봤다. 판판한 나무가 손바닥에 닿는 느낌이 나쁘지 않았다. 그것을 제

자리에 걸어두고, 현관 장도 열어봤다.

그 안에도 쓰지 않는 물건들이 잔뜩 쌓여 있었다. 나는 공구함에 든 망치와 펜치를 훑어보고 선반에 놓인 빗자루도 살폈는데, 공구상점에서 물건을 고르듯 여유롭게 본 다음 그것들을 천천히 제자리에 내려놓았다. 상가번영회 회원들과 어느 사찰에 놀러 간 엄마는 호두나무 손잡이의 말총 빗자루를 사와 아주아주 비싼 거라고 자랑하고는 장에 처박아 두었다. 그 빗자루로 로아를 때리는 모습을 보고도 그러지 말아, 한마디를 남기고 돌아설 뿐이었다.

빗자루는 계속 같은 자리에 놓여 있었다. 그것을 나는 로아를 때려도 좋다는 뜻으로 알아들었다. 그러지 말아, 그 한마디로 모든 게 묵인되는 것 같았다. 그래서 더 보란 듯이 빗자루로 로아를 때렸다. 지난 몇 년간 엄마에게 복수하듯 때렸다. 그러면서 내 손도 엉망이 되어갔다. 손바닥에 굳은살이 생겼고, 살갗이 찢어져 벌어질 때도 있었다. 아물기까지는 오랜 시간을 기다려야 했다.

어떤 날은 몽둥이가 손에서 미끄러져 로아의 뼈를 때리기도 했다. 로아의 팔목 뼈를 부러뜨려 응급실에 간 적도 있었기 때문에 또다시 뼈가 부러지는 것은 곤란했다. 처치를 받은 후로 엄마는 내가 로아를 때리는 것을 멈출 거라고 기대했으나 내 생각은 달랐다. 때리는 것도 기술이 필요하다는 점을 배웠고 좀 더 용의주도해져야 할 필요를 알았다. 폭력도 창의적으로 지분을 넓혀가야 했다. 위기는 활용하면 되는 거였다. 어디든 균열이 있기 마련이었고, 그 틈을 파고들면 새로운 길이 열리게 되는 법이었다. 사회에서 용인되는 모습으로 보이는 건 식은 죽 먹기였다. 물론 식은 죽은 맛이 없지만 어차피 죽이란 맛으로 먹는 게 아니니까. 덕분에 다양한 위기 상황에 대처하는 능력을 키울 수 있었고, 그만큼 더 로아와 엄마를 다룰 수 있게 되었다.

때리는 게 얼마나 힘든지는 때리는 사람이라면 누구나 알 수 있다. 모함에도 기술이 필요하듯, 내가 쏜 화살이 내게 돌아오지 않도록 하려면 잘 처신해야 했다. 상대의 상태를 철저하게 살피는 게 나를 보호하는 방법이었다. 나는 실패를 통해 성장했다. 병원이든 경찰서든, 집이든 학교든 어디나 배움의 장이었다.

그런 일이 여러 번 반복되자 손바닥의 감각만으로 잘 때린 것과 잘못 때린 것의 차이를 분간하게 되었다. 휘청거리거나 어기적거리면 오금을 발로 찍어서 또 한 번 자빠뜨릴 수 있었다. 로아는 비명을 지르며 넘어지면서도 더 맞을까 봐 스스로 입을 막았다. 나는 마음 놓고 지방이 있는 곳을 골라 골고루 매질했다. 장기가 손상되지 않도록 조심하며 막대기 끝으로 복부를 찌르기도 했다. 때리다가 지치면 고꾸라져 있는 로아에게 다가가 어깨를 지그시 껴안았다.

　"세상에 자매라고는 우리 둘밖에 없는데 너는 왜 언니를 사랑하지 않는 거니?"

　내가 부드럽게 물으면 로아는 그제야 눈물을 쏟아냈다. 우는 소리도 없이 눈물만 뚝뚝 흘리면서 바닥을 내려다봤다. 나는 로아를 더욱 세게 끌어안고 그 아이가 느끼는 아픔을 함께 느꼈다. 나는 그것이 사람들이 말하는 이해와 공감의 실체라고 이해하고 공감했기에 그렇게 로아와의 소통을 꾸준히 실천하고자 했다. 슬프게도 로아는 아무 말도 하지 않았다. 나는 대답하라고 다그쳤다. 로아는 기어들어 가는 목소리로 사랑한다고 말했다. 진심이 느껴지지 않는다고 윽박지르면 로아는 또다시 기어들어 가는 목소리로, 그러나 전보다는 조금 더 큰 소리로 말했다.

"사랑해요."

나는 다시 로아의 머리채를 움켜쥐며 소리쳤다.

"맞지 않기 위해 거짓말까지 잘하는 앙큼한 것! 살아남기 위해 무엇이라도 하는 무서운 것! 보는 사람마다 엄마라고 부른 네가 뭘 안다는 거지? 엄마를 기억하지도 못하면서 엄마라고 하는 네가! 더욱이 아버지도 아닌 남자의 품에 안겨 있는 네가 가족에 대해 뭘 안다는 거야? 나를 사랑하지도 않은 네가! 내가 느끼는 대로 느끼지도 못하는 네가! 나와 같지 않은 네가!"

나는 분노에 휩싸여 골프가방도 열어봤다. 그게 뭐든 간에 죄다 가져와 구석구석 쌓아두는 엄마를 생각하자 더한 분노가 끓어올랐다. 그런 것들은 대부분 엄마가 만났던 남자가 준 것이었다. 길게는 일년, 짧게는 몇 달이 지나면 그들은 엄마를 떠나갔다. 물론 엄마가 그들을 떠나오기도 했다. 집 안 곳곳에 그들이 남긴 물건이 전리품처럼 쌓여 있었고, 그 물건들은 로아를 때리는 막대기로 변했다.

나는 골프채 하나를 뽑아 허공에 대고 휘둘렀다. 공기를 가르는 소리가 날렵하고 민첩했다. 휘어지는 동시에 일직선으로 되돌아오는 복원력도 놀라웠다. 나는 반복해서 샤프트를 휘둘렀다. 광섬유다발처럼 이리저리 휘어지는 궤적을 남기고는 곧장 직선으로 돌아오는 모습은 몇 번을 봐도 황홀했다.

허공을 가르는 소리도 듣기 좋았다. 서서히 잦아들어 오래 여음을 남기는 소리는 나를 어느 성곽 안 예배당 앞으로 데려다 놓는 듯했다. 온몸에 평화가 깃들었다. 샤프트가 로아에게 닿으면 몸에서 종소리가 날 거였다. 그러나 헤드가 뼈를 부러뜨릴 것 같아 마음이 놓이지 않았다. 나는 샤프트를 거꾸로 쥐고 다시 허공을 갈라봤다.

채찍이 좋으려나?

끝이 여러 가닥인 가죽끈 벨트는 너른 부위에 고른 충격을 줄 수 있을 것 같았다. 하지만 목표에 정확히 가닿지 않을 듯했고, 그것은 조절하기 어렵다는 걸 뜻했다. 나는 통제할 수 없는 것을 좋아하지 않으니까, 채찍보다는 막대기. 그 밖에도 옷걸이와 다리미, 기타줄과 전기그릴 등 쓸 만한 물건을 하나 하나 떠올렸다. 무엇으로든 때릴 수 있었다. 하지만 좀 더 프로페셔널한 막대기가 필요했다.

슬프게도 이 집에 장미목 막대기는 없다. 내 손의 아픔을 덜어줄 막대기, 어디서든 휘리릭 날아와 손에 착 감겨드는 막대기를 구하는 일은 쉬운 일이 아니었다. 그것만 있으면 로아의 몸이 장밋빛으로 물들겠지. 붉은빛은 서서히 보랏빛으로 변한 다음 푸른빛으로 바뀔 테고 나중에는 자줏빛과 노란빛, 연둣빛이 되었다가 그 빛이 사라지기 전에 다시 붉어질 테지. 무지갯빛 로아, 오로라빛 로아.

나는 이 층으로 올라갔다. 어둠에 잠긴 복도 끝에서 환한 빛이 퍼져 나오고 있었다. 그 빛을 향해 움직이자 더욱 강렬한 빛이 내 앞으로 다가왔다. 그러나 나는 이상한 부름을 받은 것도 같았다. 어디선가 나를 부르는 소리가 들리는 듯했고, 그 소리를 따라가다 보니 폐쇄된 다락방 앞이었다. 나는 뭔가에 홀린 듯 손잡이에 손을 가져다 댔다. 순간 문이 안쪽으로 스르륵 열렸다. 해묵은 먼지가 허공으로 떠올라 다른 데로 이동하는 게 느껴졌다. 스위치를 켜자 희미한 주황색 불빛이 다락방을 비췄다. 어둠에 눈이 익을 때쯤 골목으로 난 아치형 유리창으로 가로등 불빛이 흘러들어 왔다. 건너편 건물의 윤곽이 서서히 형태를 드러냈다. 소공원에 심어놓은 수령이 오래된 나무 그림자가 건물 그림자와 겹쳐 유리창에 그림자의 경계가 생겨났다. 이리저리 휘어지는 나뭇가지의 음산한 분위기 때문에 나는 오싹해져서 한 발짝 뒤로 물러섰다.

벽면에는 커다란 사진액자가 걸려 있었다. 도시 광장이 내려다보이는 한 호텔의 객실에서 오래전 아버지가 찍은 거였다. 아버지의 시선에 비친 한낮의 풍경이 실제로 보이는 듯한 착각이 일었다. 그 때문에 다락방은 낮과 밤이 공존하는 것 같았는데 과거와 현재가 뒤섞인 듯도, 내부와 외부가 마주 닿은 듯도 했다.

아버지는 한때 주목받은 신진 예술가로 거리의 풍경을 기록사진으로 남겼다. 집회와 시위, 축제와 행사 등 군중이 모인 거리에서는 늘 다툼이 생겨났으므로 우연이든 필연이든 폭력의 현장을 사진에 담게 되었다. 그 덕에 군중의 폭력을 응시하는 사진가로 호평받은 적도 있지만 초상권 문제가 이슈로 떠오르면서 폭력의 주체가 되는 아이러니한 상황을 맞닥뜨렸다.

나는 한쪽 선반에서 먼지만 쌓인 채 방치된 조명 기기와 카메라 따위를 바라봤다. 그리고 그 아래 바닥에 세워진 몇 개의 사진액자를 봤다. 그것들도 아버지가 찍은 거였다. 골목과 도시 광장, 집과 학교를 찍은 사진도 있었고, 바닷가 마을을 찍은 것도 있었다. 개중에는 아버지의 초상도 있었다. 하지만 아무리 들여다봐도 아버지의 얼굴이 기억나지 않았다. 아버지는 로아가 태어나고 몇 달 지나지 않아 죽었다.

나는 아버지를 사랑했다. 아버지의 사랑을 받고 싶었다. 그뿐이었다. 그러나 아버지는 로아에게 관심을 기울였다. 어느 날 나는 아버지의 주의를 끌고 싶어 술 한 병을 비닐봉지에 넣어 왔는데 거실에 있던 아버지와 딱 마주치고 말았다. 그는 다 안다는 표정으로 나를 봤다. 기세에 눌려 이 층으로 달아나려는 순간 아버지는 나를 막아서며 비닐봉지를 빼앗으려고 했다. 나는 비닐봉지를 품에 안고 그대로 엎어졌다. 술병이 깨지면서 소주 냄새가 풍겨 나왔다.

나는 양손을 바가지 형태로 만들어 흘러나온 술을 모아보려고 했는데 손바닥에 고여 있는 건 술이 아니라 피였다. 병 조각이 손바닥 깊이 박혀 있었다. 아버지는 병 조각을 빼낸 다음 수건으로 지혈하려고 했다. 나는 아버지를 밀쳐내며 소리쳤다.

"아빠가 죽었으면 좋겠어!"

손바닥에서 피가 솟구쳐 나왔다. 아버지는 수건으로 내 손을 둘둘 말아놓고서 구급차를 불렀다. 그 순간은 사랑받고 있는 것 같아 기분이 조금 풀렸지만 그렇다고 호락호락 넘어갈 마음은 들지 않았다. 그래서 내가 얼마나 화가 났는지, 얼마나 상처받았는지 보여주려고 발작하듯 더 외쳤다.

"내 몸 건드리지 말라고……! 나가…… 나가 죽어버려!"

아버지는 참담한 얼굴로 나를 물끄러미 바라보기만 했다. 구급차를 타고 병원 응급실에 가는 동안에도 말이 없었다. 그날 엄마는 병원에 오지 않았다. 로아는 홀로 방치되어 있다가 침대에서 떨어져 다리뼈가 부러졌다.

다음 날 아버지는 집을 나갔다. 새벽녘 현관문이 열리는 소리에 나는 곧바로 옥상으로 가 성큼성큼 골목을 빠져나가는 아버지의 뒷모습을 바라봤다. 그리고 그날 아버지는 귀가하지 않았다. 아버지는 정말로 나가 죽었다. 다리 위에서 뛰어내렸다고 했다. 물에 빠져 죽은 아버지를 해경이 건져 올렸다. 아버지는 생의 마지막에 가장 폭력적인 방법으로 자신의 삶을 통제했다. 유서는 없었다.

　엄마는 아버지가 죽은 이유를 지금까지도 알지 못했다. 그날 각자에게 일어난 일을 알면서도, 무슨 일이 있었던 거냐고 몇 번이나 내게 물었다. 아무 일도 없었다고 답하자 그렇게 될 운명이었다고 쉽게 말하고는 잊어버렸다. 그러니까 나 외에 그 일을 아는 사람은 아무도 없었다. 로아가 오기 전까지는.

　하지만 나도 아버지가 죽은 이유를 알지 못했고, 알려고 하지도 않았다. 시간이 지나면서 기억이 점점 더 흐릿해지더니 왜곡이 일어났고, 나중에는 그 일이 실제로 일어나지 않은 듯한 착각마저 들었다. 역시 피는 속일 수 없는 건가? 나도 그날 일을 다시금 떠올리고 싶지 않았다. 내 생각은 틀렸다. 나는 엄마와 다르지 않았다. 그 사실이 비통해 울었다. 엄마의 얼굴을 지우려 몸부림칠수록 또 다른 엄마의 얼굴이 되어가는 내 모습이 슬펐다. 아버지가 로아만 예뻐하지 않았어도 그 일은 일어나지 않았다. 로아만 없었더라도 아버지는 죽지 않았다. 그러니까 아버지는 로아 때문에 죽은 거였다.

나는 이 사실을 로아에게 알렸다. 네가 태어난 것 자체가 재앙이라고도 했다. 아버지를 잡아먹은 악마, 그날 죽어야 했던 사람은 아버지가 아니라 로아였다. 아버지는 실수로 자신을 죽인 것이다. 내가 사랑을 갈구하던 존재가 고작 그런 사람이었다니 인정할 수 없었다. 나를 버린, 고작 그런 사람의 관심을 얻으려고 노력한 시간이 아까웠다. 아버지는 고작 그런 사람이어서는 안 되었다. 아버지는 죽어서라도 더욱 완벽한 존재가 되어야 했다.

죽은 자는 신격화된다. 공공재가 된다. 남은 자는 관대해지기 마련이었다. 아버지는 죽기 전까지 내게 결핍을 주는 존재였지만 죽은 후에는 아니었다. 내 것이 될 수 없었던 아버지는 죽어서 내 것이 되었다. 나를 사랑해주는 존재가 되어 내 가슴에 남아 있었다.

오! 신이여. 신이신 아버지여!

로아는 아버지를 기억하지 못했다. 아버지와 식사도 하지 않던 엄마는 제사상을 차려서는 자신이 돌보지 않는 제 아이들을 보살펴달라고 기도했다. 자식에 대해 아는 게 없었으므로 구체적인 말을 할 수도 없었다. 그저 빌면 그게 자식에 대한 사랑이라고 믿었다.

엄마에게 자신 외에 소중한 것은 없었다. 얼마 지나지 않아 엄마는 다른 사람을 만났다. 그것은 내게 고통을 줬다. 로아는 다른 사람에게 맡겨졌다. 나는 홀로 지내는 시간이 더욱 많아졌다. 그래서 엄마를 괴롭히는 것으로 나날을 보냈다. 엄마가 만나는 남자도 같이. 우리는 공평하게 서로의 희생을 양분 삼아 일상을 이어갔다.

참다못한 엄마는 어느 날 개 한 마리를 데려왔다. 개를 데려왔어도 내 행동은 변하지 않았다. 남자는 로아를 데려오라고 했다. 아이를 데려오면 상은도 달라질 거라고 덧붙였다. 나는 그들이 하는 말을 이

층 계단 아래에 숨어 엿들었다. 그리고 며칠 뒤 나는 엄마가 듣고 싶어 하는 말을 해서 그들에게 희망을 줬다. 로아가 오면 자매끼리 의지하며 살겠다고 했다. 엄마를 더는 괴롭히지 않겠다고도 약속했다.

로아는 우리를 대하듯 남자에게도 살갑게 굴었다. 엄마는 귀찮아서 방치한 게 아니라 어쩔 수 없이 떨어져 있었다는 걸 드러내려고 남자가 있을 때마다 로아에게 사랑한다고 말하며 볼에 입 맞췄다. 그걸 본 남자도 남의 딸을 얼마나 자기 딸처럼 여기는지 보여주려고 아빠한테도 뽀뽀, 하고 다정히 말했다. 로아는 볼에 뽀뽀하라고 하면 뽀뽀했고, 입에 뽀뽀하라고 하면 그렇게 했다. 그들의 무릎을 베고 잠이 들기도 했다. 로아는 거절하지 않았다. 거절은 곧 죽음을 의미했으므로 로아가 살아온 세계에서 거절은 없었다. 그러면서도 밤이 되면 제가 있던 곳으로 돌아가고 싶어 방에 숨어 훌쩍훌쩍 울었다. 불쌍하게도. 엄마는 그조차 몰랐다. 말하지 않으면 아무것도 알려고 하지 않았으니 당연했다.

어느 날 남자와 로아는 식탁에 앉아 있었다. 격자무늬의 주방 칸막이 사이로 둘의 모습이 보였다. 내가 들어온 줄도 모른 채 남자는 밥을 먹다 말고 말했다.

"배를 내밀어봐. 배."

로아는 쑥 내민 배를 보여줬다. 남자가 낄낄 웃으며 말했다.

"옷에 가려 배가 보이지 않는데?"

로아는 윗옷을 살짝 걷어 배를 더 볼록하게 만들어 보였다.

"아이고, 이 똥배 봐라."

남자가 로아의 배에 뽀뽀하고는 입을 바짝 대고 입김을 내뿜었다. 푸푸거리는 소리와 함께 간지럽다며 까르르 웃는 로아의 웃음소리가 들렸다.

"아빠한테도 뽀뽀!"

남자가 제 얼굴을 들이밀고는 입술을 내밀었다. 로아가 뽀뽀했다.

"혀를 내밀어봐. 혀." 남자가 말했다.

입술을 뗀 로아는 남자를 멀뚱멀뚱 쳐다봤다. 남자가 목을 잡아채며 낮게 속삭였다.

"혀."

로아는 혀를 쑥 내밀었다. 남자는 숨을 몰아쉬며

한참 입을 맞추고 나서 양손으로 어깨를 부여잡고
는 물었다.

"기분이 어때?"

로아는 고개를 떨군 채 아무 말도 하지 않았다.
남자가 지그시 바라보며 다시 물었다.

"말해봐. 기분이 어때, 이상하지?"

그런 일은 여행지에서도 일어났다. 새벽녘 어스
름 속에서 로아의 몸을 만지는 남자의 손을 나는 봤
다. 로아의 손을 살포시 들어 자기 성기로 옮겨가
는 것을, 비비고 더듬는 것을. 로아는 눈을 꼭 감고
는 몸을 뒤척이는 체했다. 남자는 반응을 살피며 잠
시 가만히 있었다. 그러고는 로아의 손을 자신의 손
으로 감싸 쥐고 성기를 주물럭거렸다. 나는 내 것을
빼앗긴 기분에 치를 떨었다.

엄마는 로아 옆에서 잠들어 있었다. 코까지 고는
모습이 참 태평해 보였다. 내 비명에 부스스 일어난
엄마가 멍한 표정으로 주위를 살폈다. 남자는 막 잠
에서 깬 척했다. 나는 악다구니를 썼고 엄마는 내
얼굴을 쳤다. 내 신고를 받은 경찰이 곧바로 출동했

다. 엄마는 얼버무리면서 그들을 그냥 돌려보냈다. 그런 일이 있었는데도 그 남자를 계속 만났다. 만나지 않을 거라면서도 그랬다. 결국 나는 그날의 일을 주위에 알려서 둘의 사이를 떼어놨다. 그 뒤로 엄마는 내 눈치를 봤다. 나는 불리하다 싶으면 그 일을 이야기했고, 엄마는 내가 하는 요구를 즉각 들어주었다. 그러면서도 정작 로아는 신경 쓰지 않았다.

창밖에서 배드민턴 치는 소리가 들려왔다. 나는 소공원이 있는 쪽을 내려다봤다. 가로등 불빛이 공을 치는 남자와 여자를 비췄다. 야광 공이 허공을 날았고 남자가 재빨리 라켓을 휘둘렀다. 공이 둥근 궤적을 그리며 다시 여자에게로 갔다. 여자가 받아치자 공은 날아오던 방향으로 되돌아갔다. 공은 여자에게서 남자에게로, 다시 여자에게로 이동했다. 픽, 픽, 픽, 픽, 공을 주고받을 때마다 둘의 신음이 이어졌다. 하늘 높이 떠오른 공이 남자의 키를 넘어 나뭇가지에 걸렸다.

"어어?"

가로등 불빛이 나무를 올려다보는 그들의 얼굴을

노란빛으로 물들였다. 여자가 갑자기 까르르 웃으며 손짓했다. 나뭇가지에 몇 개의 공이 더 걸려 있었다. 그걸 본 남자도 큰 소리로 웃었다. 그러다가 조용히 하라는 뜻으로 라켓을 제 입가에 대고 쉿! 쉿! 호들갑스레 외쳤다. 둘은 키득거리며 나뭇가지를 향해 라켓을 던졌다. 공은 떨어지지 않고 라켓 두 개가 차례대로 떨어졌다. 그들은 재미있다는 듯 숨죽여 웃으며 발을 동동 굴렀다.

맞은편 건물에 사는 노인이 옥상에 나와 그 모습을 내려다보고 있었다. 둘은 노인을 향해 고개를 꾸벅 숙였다. 노인이 손짓했는데 괜찮다는 건지 그만 들어가라는 건지 알 수 없었다. 둘은 긴 그림자를 남기며 언덕을 올라갔다. 둘의 그림자를 좇다가 시선을 옮겼을 때 옥상 노인과 눈이 마주쳤다. 노인은 내가 있는 쪽을 보고 있었다. 그 모습이 감시탑 위에서 아래를 굽어보는 것 같아 나는 뒤로 물러나 어둠 속으로 숨어들었다. 그러자 노인의 모습이 변했다. 세상에서 가장 슬픈 사람의 얼굴이 되어 무기력한 몸을 난간에 기댔다. 구부정한 상체를 더욱 숙이고는 옥상을 맴돌다가 출입문 안으로 사라졌다.

나는 배드민턴을 치던 커플을 떠올렸다. 나란히 언덕을 오르던 모습을 생각하자 갑자기 걷잡을 수 없는 분노가 일었다. 그들이 내 원수처럼 미웠다. 어떻게 아무렇지도 않은 얼굴로 이웃과 인사할 수 있는가? 내가 홀로 몸부림치며 아픔을 감내하는 동안 저들의 가슴은 왜 찢어지지 않는가? 어째서 공을 치며 깔깔 웃을 수 있는가? 나는 뼈가 부서지는 듯한 고통을 겪고 있는데 저들은 어떻게 저리 멀쩡하게 살아갈 수 있는가?

누군가 죽기 위해 성큼성큼 걸어 내려간 이 길에서, 누군가 구급차에 실려 가던 이 길에서, 누군가 다리가 골절되고 누군가 어린아이를 희롱하며, 누군가는 사랑받기 위해 노력하고 누군가는 자신을 지키려고 폭력을 행하는, 비극의 집들이 나란히 이어 붙은 이 길에서 저들은 어떻게 웃는가? 어떻게 까르르 웃나? 어떻게 아무 일도 일어나지 않았다는 듯 살아가는가? 나는 창밖을 노려봤다.

나는 방치하는 언니가 아니다. 일곱 살이나 많은 로아의 언니, 이 세상에 하나밖에 없는 로아의 언니다. 로아를 살피고, 병원에도 데려가는 언니다. 그렇게 해가 거듭될수록 집은 아름다운 무질서의 세계, 아름다운 폭력의 세계가 되어갔다. 무질서와 폭력의 질서가 잡힌 부드러운 세계, 무엇이든 될 수 있는 물렁물렁한 세계, 결핍을 결핍으로 채우는 달콤한 나의 집. 이곳에 로아가 있었다. 무지갯빛 육체가 있었다.

나는 방으로 돌아와 자리에 누웠다. 잠들지 않고 로아를 생각하면 몸이 달아올랐다. 그래서 벽 너머에 잠들어 있는 로아의 숨소리에 귀 기울였다. 숨소리만이 고요하게 이어질 뿐 흐느끼는 소리는 들리지 않았다. 나는 로아를 부르고는 옆방에 다시 귀 기울였다. 로아는 잠에서 깨어나 방금 제가 들은 소리가 환청인지 아닌지 분간하려고 벽 너머에 귀 기울이고 있을 거였다. 숨죽인 채 두근대는 제 심장 소리를 듣고 있을 거였다.

"내 방으로 와."

나는 벽 쪽을 향해 작게 소리쳤다. 그러고는 속으로 셌다. 하나, 둘, 셋, 넷, 다섯, 여섯, 일곱……, 문 앞에서 기척이 느껴져 여덟, 아홉, 열은 빠르게 셌는데 열을 세기 전에 문이 열렸다. 나는 로아가 들어

오자마자 손바닥으로 얼굴을 후려치며 말했다.

"네가 왜 맞는 줄 아니? 열을 셀 때까지도 너는 오지 않았어. 너는 꼭 매를 벌어. 그래서 맞는 거야. 그런데 네가 없었으면 할 때 너는 꼭 내 눈앞에서 알짱거려. 그것도 내가 기분 나쁠 때만 잘도 골라서! 있었으면 할 때는 꼭 없다가! 대체 왜 태어나서 사람을 화나게 만드는 거니? 아빠도 너 때문에 죽었잖아! 네가 인간이라면 인간을 배려해야 하는 거야. 그 정도는 알아야 하는 거라고. 알아들어?"

로아는 고개를 숙인 채 아무 말도 하지 않았다.

나는 침대에 누웠다. 그런 다음 다리를 주무르라고 했다. 한 시간, 두 시간이 지나도록 로아는 다리를 주물렀다. 손이 느려진다 싶으면 나는 발끝으로 로아의 얼굴을 가격했다. 너는 고통을 느끼지 않았잖아? 그렇게 말할 수는 없어서 이렇게 말했다.

"똑바로 해!"

발뒤꿈치로 로아의 인중과 콧등, 이마를 쳤다. 살아 있는 것들은 탄성이 있다. 탄성이 있는 것은 촉감이 좋다. 얼마쯤 지나자 로아는 내 발치에서 꾸벅꾸벅 졸았다. 나는 다시 관절의 반동을 이용해 로아의 인중과 미간을 쳤다. 내가 불쾌한 기분을 느낀다면 로아는 반드시 대가를 치러야 했다. 때릴 수 있는 구실은 많으니까. 로아는 끙 소리를 내고서 내 발바닥을 두드렸다.

"간질여!"

내 말에 로아는 발바닥을 간질였다.

"세게!"

로아는 강도를 높여 발바닥을 긁듯이 간질였다.

"정성껏!"

로아는 한층 섬세해진 손가락으로 발바닥을 힘있게 간질였다.

내 정강이를 무릎 위에 올려두고는 양손으로 하프를 튕기듯이 손가락을 움직였다. 속도가 느려진다 싶으면 나는 힘껏, 발뒤꿈치로 로아의 얼굴을 쳤다. 로아가 억, 비명을 질렀다. 나는 머리와 얼굴을, 가슴과 복부를 차별 없이 가격했다. 침대 밑으로 떨어질 때마다 로아는 곧바로 엉금엉금 기어 다시 내 발밑으로 왔다.

겁에 질린 열 살 아이를 다루는 건 어렵지 않았다. 맞고 있어도 아무도 관심 두지 않는 아이라면 더욱 그랬다. 엄마는 아래층에서 이 모든 상황을 듣고 있을지도 몰랐다. 그러나 경고하거나 제지하려고 올라온 적은 한 번도 없었기 때문에 크게 신경 쓰지 않았다. 내일 엄마가 출근한 후 식당이 바빠지기 시작하는 시간인 다섯 시 사십오 분쯤 로아를 보내기로 마음먹었다.

그러려면 세 시부터 구실을 만들어 때려야 한다고 생각했다. 때릴 때는 이유를 말할 수 있어야 한다. 명분을 내세워야 한다. 그게 서로에게 좋다. 나는 물론 엄마와 로아의 정신건강에도 도움이 된다. 사랑한다는 한마디는 많은 것을 해결해주는 좋은 구실이었다. 사실 계획도 이유도 필요 없다는 것을 모르지 않았지만 약간의 법칙이 있어야 긴장 상태가 유지된다는 것은 알고 있었다. 하지만 그마저도 귀찮았다. 내 마음을 편히 하기 위한 최소한의 방어책일 뿐 이유는 필요하지 않다. 이유는 실제와 다르다. 나는 그냥 로아를 때리고 싶었다. 그게 다다. 말릴 사람도 없는데 상대가 저항하지도 않는다면 인간은 잔인해지기 마련이다.

어디선가 닭이 울었다. 서 낡은 시도 때도 없이

홰를 쳤다. 나는 닭의 모가지를 비트는 상상을 했다. 그러나 목이 잘 비틀리지 않아 도마 위에 닭을 올려 두고 식칼로 목을 내리쳤다. 사방으로 피가 튀었다. 벽에도 후드득 핏방울이 뿌려졌다. 닭이 바닥으로 떨어져서 목 없이 움직였다. 멀리서 또 한 번 홰치는 소리가 들렸다. 그 소리에 동네 개들이 따라 짖었다. 고양이들은 영역을 다투는지 괴상한 소리를 냈다. 그 소리를 들으며 나는 잠이 들었다.

꿈에서 로아를 때렸다. 로아가 크게 소리 내 우는 것 같았는데 다시 들어보니 울음소리가 아니었다. 주위의 소음이었다. 당황한 나는 시선을 돌렸다. 사람들이 우리를 빙 둘러싸고 있었다. 다행히도 동급생들이었다. 이미 알고 있는 얼굴들이어서 마음이 놓였다. 그들은 나와 로아를 번갈아 보며 저들끼리 수군거렸다. 남자애 하나가 내 앞으로 다가와 제지하고 나섰다. 나는 남자애에게 말했다.

"너도 다를 바 없잖아!"

그 애들은 뒤탈이 나지 않을 누군가를 늘 괴롭혔고, 그 대상이 자신이 아닌 것에 안도했다. 당연히 나는 그들에게 괴롭힘을 당하지는 않았다. 누구라도 나를 건드리면 무슨 수를 쓰든 응징하고 복수했으니까. 내가 맞으면 그들은 더 맞았다. 과거의 선택이 미래의 자신에게 돌아오듯 모든 건 순환하는 법이었다. 그런 일이 반복되자 그들은 나를 건드리지 못했다.

우리는 필요하면 하나로 합쳐졌고 필요가 없으면 멀리 떨어져서 균형 관계를 유지했다. 떨어져 있다가 합심해 누군가를 몰아냈고, 다음 날이면 다시 멀어졌다. 우리는 한때 가까웠던 한 학생을 추락시킨 적이 있었다.

전국 미술대회에서 수상한 그림을 문제 삼았다. 표절이 심각한 사회문제로 대두되던 때였다. 우리는 그 점을 이용했다. 그 애의 그림이 모두 표절이라고 주장했다. 시기하는 마음이 다 거기서 거기라서 소문은 진위와 상관없이 퍼져나갔다. 게다가 사회적 이슈에 대해서는 아무도 토 달지 않았다. 사실을 알아볼 생각도 하지 않고 다들 그 애를 죄인으로 여겼다. 진위를 확인하는 것조차 낙인이 되니까. 소문은 몸집을 부풀려 우리에게 돌아왔다. 우리도 우리가 낸 거짓 소문을 사실로 여기며 그 애를 더욱 괴롭혔다. 그 애는 결국 자멸을 택하는 것으로 세상에서 흔적을 지웠다. 우리는 그 일을 함구했다. 그리고 곧 잊어버렸다.

"쟤를 왜 때리는데?" 남자애가 씨익 웃으며 물었다.

"내가 받아야 할 사랑을 훔쳤기 때문이지." 내가 대답했다.

"네가 받아야 할 사랑?" 남자애가 시큰둥한 목소리로 되물었다.

"우리가 받아야 할 사랑!" 나는 말을 바꿨다.

"우리가 받아야 할 사랑?" 남자애의 표정이 일그러졌다.

"우리에게 슬픔을 주는군." 무리 가운데서 누군가 껴들었다.

그러자 불안한 목소리들이 연달아 터져 나왔다. 그들은 말릴 사람이 아무도 없다는 걸 확인하고는 로아를 살짝 건드렸다.

"부드럽고 따뜻한 것이네."

누군가 말하자 나머지가 우르르 몰려들어 로아를 에워쌌다.

"어린것이군, 게다가 고통을 느끼는 살아 있는 얼

굴." 그들이 말했다.

"밤하늘을 닮은 눈이구나. 게다가 속이 비치지 않는 눈동자."

"기분 나쁜데?"

로아는 그들의 말을 듣고만 있을 뿐 아무런 반응도 보이지 않았다. 그러자 몇몇이 로아를 비난하고 나섰다.

"우리를 무시하는 건가?"

"주제넘게 도도한 데다 오만하기까지 하군."

"진정성이 없는데?"

"진정성을 보여봐!"

그중 몇이 로아를 툭툭 치며 말했다. 겁에 질린 로아는 또다시 아무런 대답도 하지 않았다.

"소통하려는 노력조차 없구나."

"소통하지 않는다는 건 위험하다는 뜻이지."

그들이 내 눈치를 살폈다. 내가 가만히 있자 그것을 묵인으로 받아들인 그들은 로아를 이리저리 밀면서 구타하기 시작했다.

"그래도 물리적 폭력은 바람직하지 못해!"

무리 가운데서 외치는 소리가 들렸다. 나머지가

소리 나는 쪽으로 시선을 돌렸다.

"친구의 동생을 가르치려는 거야." 누군가 외쳤다.

"우리 동생이나 마찬가지니까." 누군가 답했다.

주위가 조용해졌다.

그들은 때리면서 모두가 공범이 되었다. 모두 공범이니 아무도 잘못한 사람이 없는 셈이었다. 나도 마찬가지였다. 그런데도 기분이 좋지 않았다. 또다시 내 것을 남에게 빼앗긴 것 같았다. 장난감 빌려주듯 로아를 잠시 내주었지만, 그들이 즐거워하면 할수록 내 기분은 엉망이 되어갔다. 나는 모멸감에 몸을 부르르 떨며 소리쳤다.

"왜 내 동생을 때리니?"

그들은 어이없다는 듯 나를 보며 웃었다.

"내일도 빌려줄 거지?" 그들이 물었다.

"그럼 뭘 줄 건데?" 내가 물었다.

"우리 모두의 평화." 누군가 답했다.

"봐서."

"네가 한 일을 알고 있어."

"뭘?"

"시기와 질투. 그리고 누명을 씌운 일. 여기 있는

모두가 알고 있어."

"그게 뭐? 모두의 안전을 위한 거였잖아!"

"걔가 죽었잖아."

이럴 때는 빠르게 수긍하는 게 답이다. 힘의 균형을 깨뜨리지 않아야 다음번 공격에 함께할 수 있었다.

"네가 당하지 않으려면 어떻게 해야 하지?" 남자애가 기세를 몰아붙였다.

"빌려줄게." 나는 한발 물러섰다.

"한동안 잘 지낼 수 있겠군."

힘의 균형 관계를 유지하는 것은 얼마나 힘든 일인가? 얼마나 머리를 써야 하는가? 나는 로아를 통해 로아와 엄마를 동시에 굴복시킬 방법을 찾아냈고, 동급생과의 관계도 무너뜨리지 않았다. 그러나 그들은 뭔가 마음에 들지 않았는지 조롱 투로 물었다.

"그런데 너, 왜 쟤한테 업혀 있는 거야?"

그 말을 듣는 순간 느닷없이 공중으로 붕 떠오르는 기분이 들었고, 정말로 로아의 등에 달라붙어 있는 내 모습이 내려다보였다. 나는 긴 팔다리로 로아의 몸을 단단하게 휘감고 있는데 마치 두 마리의

뱀이 뒤엉켜 있는 듯 보였다. 로아의 등에 업혀 실낱같은 빛을 보려고 안간힘을 쓰는 나 자신이 가련하고 처량하게 느껴졌다. 당연히 내가 받아야 할 사랑이었다. 내가 전부 가지기에도 부족한 거였다. 어둠 속에 흘러든 단 하나의 빛줄기를 로아가 훔치고 있었다. 아니다. 로아와 나는 서로에게 기댈 등이다. 우리는 샴쌍둥이처럼 상대로부터 달아날 수 없다. 한 몸에 있는 두 개의 머리이며 네 개의 팔이며 네 개의 다리이다. 로아는 나다. 길에 버려진 아이, 그게 나였다.

누군가 로아와 내가 하나로 엉켜 있는 모습을 동영상으로 찍었다.

"뭘 하는 거야?" 내가 따졌다.

"안전해지려면 힘을 가져야지!"

동영상을 찍던 여자애가 대답하고는 돌아섰다. 나머지가 그 뒤를 쫓았다.

다음 순간 나는 혼자가 되었다. 로아도 없었다. 집은 어둠에 잠겨 있었다. 어둠 속에서 검은 형상이 천천히 움직이다가 서서히 아버지의 모습으로 변했다. 아버지는 뭔가에 홀린 듯 괴상하게 움직였다. 내가 다가서자, 아버지는 스르르 움직여 나를 지나쳤다. 아버지의 모습을 가까이에서 본 나는 비명을 질렀다. 병 조각이 꽂혀 있는 목이 한쪽으로 꺾여 덜렁거리고 있었다. 목에서 흐르는 피는 촛농처럼 진득하게 굳었고, 산발이 된 머리카락도 피에 젖어 눅진했다.

"그 꼴로 어딜 가는 거야?"

나는 아버지를 가로막고 섰다. 해골같이 움푹 파인 눈두덩이 안에 초점을 잃은 두 개의 눈동자가 탁한 빛을 냈다. 그 눈은 앞을 보면서도 아무것도 보고 있지 않았다. 아버지는 나를 지나쳐 계속 앞으로 나아갔다. 나는 뒤쫓아 가 다시 아버지 앞을 가로막았다. 그러나 아버지는 홀연히 자취를 감췄고, 목이 잘린 아버지의 머리만 바닥에 놓여 있었다. 나는 또다시 비명을 질렀다. 그러자 목이 잘린 얼굴이 나의 얼굴로 바뀌었다. 내 얼굴이 피 웅덩이에 놓여 있었다.

"너는 무엇에 그렇게 화가 난 거지?" 머리가 물었다.

나는 기세에 눌려 대답하지 못했다.

"이유도 없이 화를 내는구나."

"이유야 만들면 되지." 내가 웅얼거렸다.

"죽은 자의 얼굴로 죽음의 공포를 몰아내려고?"

"죽은 척해야 살 수 있지." 내가 외쳤다.

"싫어하는 사람을 흉내 내면서?"

"죽지 않으려면 어쩔 수 없는 일이야. 모두가 그렇게 살아!"

"살기 위해 너 자신을 죽이고 있구나." 머리가 비웃었다.

"난 살아 있다고!"

나는 화가 나 소리쳤다. 그러나 머리는 대답하지 않았다.

잠에서 깨어났을 때 햇살 때문에 방이 환했다. 로아는 발밑에 없었다. 나는 이불을 뒤집어쓰고 누워 있다가 로아가 차려온 음식으로 끼니를 때웠다. 로아가 빈 그릇을 가져간 후에는 침대에 누워 아래층에서 나는 소리에 귀 기울였다. 냉장고 문이 여닫히는 소리가 몇 번 이어지고 나서 수돗물이 흘러나왔다. 설거지 소리, 그러고는 고요했다.

그제야 살금살금 움직여 방에서 나왔다. 소리를

내지 않으려 주의하며 계단 중간에 멈춰 서서 로아가 무엇을 하는지 살폈다. 로아는 간이의자에 앉아 현관을 보고 있었다. 나는 뒤로 가서 로아의 머리채를 세게 잡아당겼다. 로아가 의자에서 바닥으로 엎어졌다.

"불을 끄라고 했지?"

로아는 끙 소리만 내고 나서 죽은 듯 아무 말도 하지 않았다.

"불 안 꺼?"

로아는 엉거주춤 일어나 주방 불을 끈 후 내 앞으로 되돌아왔다. 나는 로아를 잡아채 골프채로 한 번, 구둣주걱으로 여러 번, 그리고 우산으로도 때렸다. 빗자루로 때리다가 주먹으로 쳤다.

"엄마가 우리를 위해 밖에 나가 고생하는데 집에서 밥만 축내지 말고 전기라도 아껴야 할 거 아냐? 가족이라면 그 정도는 해야 하는 거야! 가족이라는 건 그런 거야. 조금쯤은 자기를 희생하는 거라고. 인간관계라는 게 있어. 사회적 역할이라는 것도 있고. 그런데 너는 그것에 대해 아는 게 없어. 그래서 내가 힘들어. 너를 가르치느라! 몇 번을 더 말해야 알아들을 거야!"

나는 엎어진 로아를 내려다보며 씩씩거렸다. 로아가 신음을 내며 일어나 내 앞으로 다가와서는 고개를 숙였다.

"왜 사냐? 왜 살아? 차라리 나가 죽어. 널 낳았다고 미역국을 먹은 엄마가 다 한심하다. 뭐 해? 나가서 콱 죽어버리라니까."

나는 로아의 배를 발로 찼다. 바닥에 엎어졌던 로아가 힘겹게 일어나 내 앞으로 오자마자 다시 배를 걷어찼다. 로아가 비명을 지르며 나둥그러졌다가 또다시 내게 돌아왔다.

"못 들었어? 나가! 나가 죽어버리란 말이야! 너는 꼭 내 눈앞에서 잘못을 해대. 나하고 어떤 원수가 져서! 그것도 내가 기분이 안 좋을 때만, 잘도 골라서 속을 뒤집어놓는다고!"

로아가 딸꾹질했다. 나는 로아의 입을 쳤다. 로아는 소리가 새어 나오지 않도록 제 입을 틀어막은 뒤 눈치를 봤다. 그러고는 정말 나가도 되는지 그대로 있어야 하는지 잘 모르겠다는 표정으로 서 있다가 내 발길질에 또 한 번 바닥으로 고꾸라졌다.

"말이 말같이 들리지 않는 거야?"

나는 바닥에 나뒹군 로아의 머리채를 잡고 흔들었다.

"일어나!"

로아는 엉거주춤 일어났다. 나는 둥그렇게 말려 있는 로아의 등을 때리면서 엄마에게 다녀오라고 소리쳤다. 한껏 주눅 든 로아의 얼굴에 한 줄기 희망이 어리는 게 보였다. 나는 코웃음을 쳤다. 희망은 절망의 다른 이름이라는 것을 아직도 모르는 건가? 희망의 메아리는 돌아오지 않는다는 걸 진정 모르는 건가? 희망을 품는다는 건 긍지를 갖는다는 뜻과 다르지 않다. 노예가 주인을 능가하려는 기미를 보이면 몽둥이를 들어야 하는 거다. 고개 들지 못하도록, 생각하지 못하도록, 희망을 품지 못하도록, 죽도록 패야 하는 거다. 개처럼 얻어맞아야 생각하지 않는다. 짓밟아야 자기가 주인에게 왜 밥을 얻어먹는가에 대해 생각하지 않는다. 당연히 자기가 맞는 이유에 대해서도 알아차릴 수 없다. 맞지 않기를 바라며 웅크리고 있는 것 외에는 할 수 있는 일이 없다. 죽은 척 움직이지 않는 벌레처럼.

"가는 데 십 분, 말하는 데 십 분, 되돌아오는 데 십 분, 한 시간 후에 집으로 돌아와야 해. 내가 뭐라고 했어?" 나는 불가능한 제한 시간을 뒀다.

"삼십 분 후에 돌아오라고요."

나는 로아의 뺨을 때렸다. "다시 말해봐!"

"십 분 만에 가서 십 분 동안 설명하고 십 분 만에 돌아오라고요."

"아니지!" 나는 로아의 뺨을 때렸다.

"가는 데 십 분, 말하는 데 십 분, 되돌아오는 데 십 분, 한 시간 후에 돌아오라고요."

"아니지." 나는 로아의 뺨을 때렸다.

"가는 데 십 분……, 말하는 데…… 십 분, 되…… 돌아오는 데 십 분…… 한 시간 후에 집으로 돌아와야 해…… 하고 말했어요."

"그리고?"

로아는 대답하지 못했다. 나는 무릎으로 배를 찼다. 로아는 멀리 밀려났다가 스프링이 달린 듯 곧장 튀어와 내 목과 어깨 그 중간 어디쯤을 봤다.

"엄마한테 가서 말해! 빗자루로 맞았다고! 우산과 골프채로 맞았다고 말하고 와! 하고 말했어요."

"그리고?"

로아는 대답하지 못했다.

"왜 태어났니?" 나는 한숨을 내쉬고는 다른 쪽 뺨도 연속해서 세 대 더 때렸다. "너 때문에 집안이 풍비박산 났어. 네가 아빠를 죽였다고. 너는 주위 사람을 불행하게 만들려고 태어난 거야. 그렇지 않으면 이럴 수는 없어. 제발 부탁이니 나가서 좀 죽어!"

로아는 눈치를 살피면서 자리에서 움직이지 않았다.

"안 가고 뭐 해!" 내가 말하자 로아가 배를 움켜쥔 채 구부정하게 걸었다. 혹시라도 내가 부르면 재빨리 달려오려고 계속 뒤를 돌아보면서. 딸꾹질을 하면서.

3

집은 어둠에 휩싸였다. 나를 지켜줄 사람이 아무
도 없는 집, 어두운 집, 로아가 없는 집에서 로아만
생각하는 사람이 있다면 로아는 없는 것인가, 있는
것인가? 로아의 숨소리를 들어야만 내가 숨 쉴 수
있다면 복속된 자는 누구인가. 내가 로아를 보고 있
다고 생각했는데 로아가 나를 보고 있다면 시선을
장악한 자는 누구인가.

나는 홧김에 나가 죽은 아버지를 떠올렸다. 나를
지켜주지 않은 보호자, 나를 사랑하지 않는 엄마, 아

빠라고 불리면서 나를 희롱했던 남자들, 나를 때린 사람들, 길에서 마주친 난폭한 인간들, 영악한 동급생들, 그런 자들을 하나하나 기억했다. 생각하지 않으려고 몸부림칠수록 그들은 내 안으로 들어와 힘을 부풀려갔다. 그리고 그 힘은 내 것이 되어갔다. 내 몸에서 자라나 나를 때리는 막대기.

나는 옥상으로 올라가 로아가 모습을 드러내기를 기다렸다. 집을 나간 로아는 참았던 눈물을 쏟아내느라 대문 앞 차양 아래서 한동안 움직이지 않을 거였다. 소매로 눈물을 쓱쓱 닦은 후에 어느 순간 뛰어가겠지. 로아가 차양 밖으로 나오지 않아 나는 소공원을 내려다봤다.

소공원은 수용소의 체력단련장 같았다. 매일 똑같은 사람들이 모여 똑같은 일을 반복했다. 개를 데리고 산책하는 사람들도 있었고, 공원 가장자리를 빙글빙글 도는 사람들도 있었다. 벤치에서 기타를 치는 사람, 라디오를 듣는 사람도 있었고, 스포츠 중계를 보는 사람도 있었다. 누군가는 신음을 주고받으며 밤마다 공을 쳤고, 누군가는 새벽마다 공원을 쓸었다. 누군가는 술을 마셨고, 누군가는 싸움을 걸었다. 누군가는 싸움에 휘말려 동영상을 찍었고, 누군가는 주먹다짐을 벌였다. 그들은 합심해 위기에 빠진 사람을 구했고, 다음 날이면 피해자였던 사람을 가해자로 만들어 단죄했다.

하루는 고양이에게 선의를 베푸는 영상을 찍어 SNS에 올렸고, 또 하루는 불법주차를 하기 위해 자리다툼을 벌였다. 하루는 피해를 보고 하루는 손해를 입히면서도 늘 피해자라고 주장했다.

파란 트럭 하나가 골목길을 천천히 올라갔다. 고장 난 가전제품 삽니다. 에어컨, 세탁기, 냉장고, 컴퓨터 삽니다. 남자의 목소리가 스피커를 통해 흘러나왔다. 갈색 대문집에서 누군가 나와 트럭을 쫓았다. 파란 트럭이 정차하자 스피커 소리가 끊겼다. 곧이어 운전자가 밖으로 나와 짐칸을 정리했다. 짐칸에는 커다란 실외기 한 대가 줄에 칭칭 감겨 있었다. 그러나 손님은 어디로 갔는지 보이지 않았다. 운전자가 의아해하며 운전석에 올라탔다.

트럭이 움직이자 다시 스피커 소리가 이어졌다. 고장 난 가전제품 삽니다. 에어컨, 세탁기, 냉장고, 컴퓨터 삽니다. 스피커 소리가 멀어지고 누군가 통화하는 소리가 들려왔다. 어르신, 지금 집에 계시죠? 아, 예. 제가 올라가는 길이거든요. 노인복지센터에서 나온 봉사자가 휴대전화에 대고 상냥한 목소리로 말했다. 형광 조끼를 입은 아동안전지킴이 둘이 봉사자를 지나쳐 길을 내려갔다. 봉사자는 건너편 건물로 들어갔다. 노인이 옥상에서 그 모습을 보고 있었다. 죽은 이의 얼굴로. 기분 나쁘게.

둔한 것!

로아는 아직도 모습을 드러내지 않았다. 나는 시선을 돌려 옥상 구석에 방치된 뜬장을 바라봤다. 개가 없는데도 뜬장 주위에서는 배설물 썩은 내가 났다. 살아 있는 것은 악취를 풍긴다. 개는 오래전 친모가 데려온 유기견으로 내 소유였다. 그 개는 나를 곧잘 따랐는데 언젠가부터는 슬금슬금 피해 다녔다. 내가 안으려고 할 때마다 으르렁거리며 이를 드러냈다. 그래서 손을 좀 봐줬더니 그다음부터는 내게 꼬리 치지도, 짖지도 않았다. 뒷걸음질 치면서 소변을 지리거나 구석으로 숨어들 뿐이었다.

로아가 온 뒤로 개는 내 관심을 끌지 못했다. 그래서 개를 뜬장에 가둬 옥상에 올려놨다. 개는 금방이라도 죽어버릴 것처럼 말라갔다. 친모는 불쌍하다는 말만 반복하면서 꺼내주지도 보호하지도 않았다. 나는 달랐다. 로아를 시켜 개에게 밥을 줬다. 그런데 로아와 개가 서로 의지하는 거였다. 그 모습이 꼴 보기 싫어 둘 다 죽지 않을 정도로만 팼다. 그 뒤로 로아는 개를 때리기까지 했다.

그러던 어느 날 뜬장 앞에 서 있는 로아를 봤다. 나는 뒤에서 그 모습을 지켜봤다. 개는 축 늘어진 채로 로아를 응시했다. 갑자기 로아가 외마디 비명을 질렀다. 나는 로아에게 다가가 소리쳤다.

"뭐야? 개가 어디로 갔어?"

뜬장 안에 있어야 할 개가 감쪽같이 사라져버렸다. 그런데도 뜬장은 잠겨 있었다. 로아는 개가 지붕을 타고 도망쳤다고 했다. 아무것도 먹지 않아 날이 갈수록 몸이 작아지더니 조금 전 뜬장의 창살 사이로 빠져나갔다고 했다.

"그러니까 개가 제 몸을 일부러 작게 만들어 창살 사이를 통과했다는 뜻인데 그 말을 믿으라는 거야?"

로아는 고개를 끄덕였다. 방금 전까지 개가 뜬장

안에 있었기 때문에 그 말을 믿지 않을 수도, 믿을 수도 없었다. 감옥에서 탈출하는 데도 꼼꼼한 계획과 용기 있는 실행이 필요한데 하물며 개가 일부러 굶어 철창 사이로 빠져나갔다는 사실을 믿으라니, 희롱이 분명했다. 로아는 개를 잘 관리하지 못했다는 이유로 몇 달을 얻어맞았다.

4

로아가 모습을 드러냈다. 언덕을 내려가는 로아의 어깨가 축 처져 보였다. 그 뒷모습이 마치 내 모습을 보는 듯해 가여운 마음이 들 때쯤 로아는 차츰 작아져 하나의 점이 되었다가 시야에서 완전히 벗어났다.

나는 눈을 감고 상상으로 로아를 뒤따라갔다. 로아는 대로변으로 나가 걸음을 멈추고 제 앞의 보도블록을 살폈다. 그러고는 몇 개의 회색 블록을 폴짝 뛰어넘어 붉은 블록에 발을 내디뎠고, 같은 행동을 반복해 앞으로 나아갔다. 한참을 붉은 블록만 밟다가 붉은색이 더는 보이지 않자 잠시 고민하는가 싶더니 이번에는 낙엽이 있는 쪽으로 뛰었다. 낙엽 위에서 로아의 발이 미끄러졌다. 넘어졌다가도 로아는 다시 발딱 일어나서 계속 누런 잎사귀를 밟았다. 그것이 마치 다른 곳으로 넘어가는 버튼이라도 되는 것처럼. 다른 차원의 문을 찾으면 이곳을 벗어날 수 있다는 기대를 안고. 그러나 세상은 바뀌지 않고 그대로였다. 당연히 다른 곳으로도 이동할 수 없었다.

그 사실을 알지 못하는 로아는 계속 마른 잎사귀를 밟으며 낙엽이 부서지는 소리를 들었다. 낙엽도 더는 보이지 않자 로아는 주위를 두리번거리다가 또다시 폴짝 뛰어 점자블록이 있는 데로 넘어갔다. 그런 다음 점자를 읽듯 그 길을 따라 앞으로 나아갔다.

너는 어째서 포기하지 않는가? 얼마나 더 휘청일 텐가? 나는 로아의 희망을 무너뜨리겠다는 갈망에 사로잡혔다. 내 마음을 알았는지 갑자기 나타난 한 남자가 로아와 몸을 부딪치더니 주먹으로 오른쪽 가슴을 퍽 소리 나게 쳤다. 로아는 그대로 주저앉았다. 남자가 로아를 보고 씨익 웃었다. 로아가 남자에게 시선을 돌렸다.

"이게 치고도 가만히 있네." 그가 시비조로 말했다.

'씨팔!' 내가 외쳤다.

"이년이 미쳤네."

남자가 소리치며 로아를 봤다. 그리고 그 뒤에 있는 나를 봤다. 그가 내 뺨을 쳤다. 나는 남자에게 주먹을 날렸다.

"어어, 이거 정말 돌았네." 남자도 물러서지 않고 주먹을 날렸다.

나는 흉곽이 부러진 듯한 고통에 그대로 고꾸라져서 앞을 봤다. 로아도 한참을 움직이지 못하고 있었다. 남자는 도망치다 뒤를 돌아보면서 또다시 씨익 웃었다. 따라가서 붙잡고 싶었으나 몸을 움직일 수가 없었다. 주위에는 도와줄 사람도 없었다. 로아가 몸을 일으켰다. 그러고는 지나쳐버린 점자블록으로 되돌아가서 천천히 발짝을 뗐다. 죽음이 있어야 삶이 있고 슬픔이 있어야 기쁨이 있다는 듯, 어둠이 있어야 밝음이 있고 그림자가 있어야 빛이 있다는 듯 구부정한 자세로 절룩이며 앞으로 걸어나갔다.

너는 어째서 절망 속에서 희망을 버리지 않는가? 어째서 진창에 처박혀서 하늘을 보는가?

모두 다 되갚아주리라. 반드시 복수하리라. 나는 다짐하며 일어섰다.

결국 모든 건 내 몫이다. 내가 해결해야 하는 거다. 그런 줄도 모르고 로아는 내 앞에서는 주눅 들어 있다가 엄마에게 가서는 배시시 미소 지었다.

내게 절망을 주는 너의 웃음. 로아가 따뜻하고 즐거운 집에서 누군가의 보호를 받으며 웃을 때 나는 아무도 없는 집에서 혼자 어둠에 잠겨 눈물을 흘렸다. 그러니까 로아도 내가 받은 만큼 짓밟히는 경험을 해봐야 한다. 인생이란 그런 것이다. 나는 로아의 언니이다. 일곱 살이나 많은 로아의 언니로서 그것을 안다.

나는 식당에 먼저 도착해 로아를 기다렸다.

조금 뒤 로아가 식당 문을 열었다. 그곳에 자신을 구원해줄 사람이 있을 거라고, 엄마가 어둠 속에서 자신을 꺼내줄 거라고 믿으며. 그렇게 수만 번 배반당했음에도 불구하고 로아는 또다시 희망을 안고 그

문을 열었다. 절망이 반복되는 게 일상인데도 그새 또 잊었는지 로아는 다시금 그 문을 열고 들어왔다.

5

오래전에 유행하던 목제 집기로 꾸민 식당은 지저분했다. 햇빛이 들어오면 원목 칸막이 기름때 위에 허옇게 쌓인 먼지가 도드라져 보였는데 노란 조명빛이 그것을 가려주었다. 그러나 햇빛의 각도에 따라 함지박과 서랍장 등 고가구에 엉겨 붙은 해묵은 먼지가 자국을 드러냈고, 빛의 이동에 따라 다시 그림자 속으로 숨어들었다.

출입구에서 정면으로 보이는 벽면 끝자리에는 인조 벚나무가 천장까지 치뻗어 있었다. 주렁주렁 매달린 알전구 불빛이 천장을 수놓은 벚꽃에 비쳐 들어 주위는 노란빛을 띠다가 푸른빛으로 물들었고, 이내 붉은빛이 되었다가 갈색으로 변하면서 비현실적인 분위기를 자아냈다. 색색의 불빛이 벚나무 아래 테이블까지 흘러들었다. 아스라한 정취에 물든 테이블은 빈 무대 위의 소품 같았다. 그래서인지 식당 전체가 이제 막을 올린 공연 무대처럼 보였는데 환시의 공간을 재연해놓은 것도 같았다.

다른 쪽 벽면을 차지한 널따란 유리창에도 조그만 전구들이 방울방울 맺혀 있었다. 유리창 밖으로는 철도 건널목이 보였다. 땡땡땡땡땡땡, 요란하게 울리는 신호음과 동시에 보행차단기가 내려오면 신호수가 건널목에 서 있는 행인을 통제했다. 사람들이 한 걸음씩 뒤로 물러나자 바람 소리를 내며 기차가 지나갔다. 기차는 유리창 왼쪽에서 나타나 오른쪽 대각선 아래로 사라지거나 오른쪽에서 나타나 빗금을 그으며 왼쪽 위로 사라졌고, 그때마다 유리창이 가늘게 떨렸다.

세 개의 창가 테이블 중 두 곳에는 손님이 앉아 있었다. 입구 쪽 테이블에 홀로 있는 여자가 창밖을 내다보며 맥주를 마셨다. 그 뒤 테이블에 마주 앉아 있는 노인과 청년도 말없이 기찻길을 바라봤다. 기차의 진행 방향에 따라 시선을 옮기는 그들의 모습이 마치 칸막이 객차 안에서 차창 밖 풍경을 바라보는 듯했고, 그 때문에 기차가 지날 때마다 식당 전체가 뒤로 밀려나는 듯한 착각이 일었다. 노인이 호출벨을 눌렀다.

텔레비전을 보던 기주가 꿈지럭거리며 자리에서 일어나 노인에게 받은 주문을 주방에 전달했다. 개방형 주방에서 요리하던 미진이 기주가 내민 주문서를 흘끗 봤다. 기주는 생맥주 두 잔을 노인과 청년에게 가져다주고 도로 계산대 옆자리로 돌아갔다.

미진이 전분 묻힌 생새우를 손에 쥐고서 꼬치로 몸통을 꿰었다. 닭모래집도 하나하나 꿰고는 키조개 관자와 마늘, 돼지 삼겹살과 대파도 차례대로 꿰었다. 그런 다음 여덟 개의 꼬치를 검은색으로 변한 기름 안에 넣었다. 기름이 부글부글 끓어올라 꼬치 주위에 갈색 거품이 일었다. 구정물 같은 기름을 내려다보던 미진이 집게로 꼬치를 하나하나 꺼내 튀김 망 위에 올려놓고서 기름이 빠지기를 기다렸다.

그러고는 자갈 깔린 불판 위로 옮겨 빙글빙글 돌려가며 구웠다. 기주를 흘낏거리던 미진은 새우 겉면의 까맣게 탄 부분을 가위로 조심스레 오려내고는 나머지도 같은 방식으로 처리했다.

"기름정제기가 있으면 새 기름처럼 보일 텐데……." 미진이 말했다. "우리 기름이 구정물 같다는 걸 손님들도 단박에 알아본다니까. 정제기가 있으면 이렇게 오려내는 수고도 덜 할 거 아냐."

미진이 검댕을 오리면서 기주 들으라는 듯 혼잣말했다. 기주는 반응하지 않았다. 미진이 기주를 보고 물었다.

"내일이 해중 언니 발인인데 안 가봐요, 사장님?"

"가벼운 수술이라더니 그렇게 갈 줄은 몰랐어." 기주는 텔레비전에 시선을 고정한 채 대답했다.

"가봐야지요."

"딸한테 부의금 보냈어."

"해중 언니가 사장님을 많이 기다렸대요. 딸도 서운해하더라고요. 병문안은 안 가셨다 하더라도 장례식은 가봐야지요."

"딸이 서운해하는 걸 어떻게 알아?" 기주가 미진

을 봤다.

"오전에 다녀왔다고 아까 말했잖아요."

"바쁜 거 다 안다고 오지 말라고 했어." 기주가 시선을 돌렸다.

"그야 화가 나서 한 소리죠. 매일 붙어 다녔으면서 병문안도 안 가고 장례식도 안 가는 이유가 뭐예요?"

"가벼운 수술이라더니 그렇게 갈 줄은 몰랐어." 기주는 좀 전에 했던 말을 반복했다.

"그러니까 가서 마지막 인사라도 하고 오세요."

"나도 가고 싶지. 하지만 아이들을 키우려면 일을 해야지."

해중은 지난 오 년간 식당에서 종업원으로 일했다. 여름휴가도 같이 간 적이 있었고, 로아를 데려올 때도 동행했었다. 갑상샘 종양 제거 수술을 받으러 가면서도 퇴원하면 상가번영회 사람들과 온천 여행을 가자고 해서 기주는 그러자고 했다. 가벼운 수술이라고 했다.

이 주 뒤에 돌아오겠다던 해중은 결국 오지 못했다. 수술 후 중환자로 바뀌어 몇 주를 더 입원해 있었다. 기주는 병문안을 가지 않았다. 정말로 안 가볼 작정이에요? 미진은 해중이 입원해 있는 동안 입버릇처럼 물었다.

해중이 죽었으므로 기주는 해중을 다시금 떠올리고 싶지 않았다. 해중의 딸과는 더더욱 볼 일이 없었다. 장례식장 특유의 가라앉은 분위기도 싫었다. 병문안도 마찬가지였다. 아픈 사람이 모여 있는 곳이 즐거울 리 없었다. 병문안이든 조문이든 생각이 없는 건 아니었지만 늘 지루하게 지내는데 더 지루한 곳에 가기는 싫었다. 미진이 자기를 어떻게 생각할지도 신경 쓰지 않았다. 무엇보다 기주는 자신이 그런 생각을 한다는 사실을 인정할 수 없었다. 그래서 아이들을 핑계 댔다. 대출금과 이자를 걱정하는 체하며 식당을 지켰다.

"어째서 하고 싶은 일만 하고 해야 할 일은 하지 않는 거예요?" 미진은 물러서지 않고 물었다.

해중이 기주에게 자주 했던 질문이었다. 그런 이유야 간단했다. 하고 싶은 일은 즐겁고 하기 싫은 일은 즐겁지 않았다. 그러나 기주는 대답하지 않았다. 미진은 기주의 반응에 아랑곳하지 않고 하고 싶은 말을 했다.

"그러면 기름정제기가 있는 튀김기라도 사주세요. 장사에 도움이 되는 거잖아요? 주문하지 않을 거면 장례식장이라도 다녀오시든지요. 갈 수 있는 시간이 오늘뿐이에요."

미진이 말하고는 노인과 청년이 앉은 자리에 모둠꼬치 안주를 내갔다.

"기름 냄새가 많이 나지요?" 미진이 또 한 번 기주 들으라는 듯 큰 소리로 물었다.

노인이 고개를 끄덕이며 씨익 웃고는 기주를 흘깃거렸다. 마주 앉은 청년이 슬픈 표정으로 노인의 얼굴을 바라보다가 시선을 돌렸다. 기주는 미진의 뒤통수에 대고 입을 비죽거렸다.

출입문이 열리자, 기차 소리가 더욱 크게 들려왔다. 입구 앞에 선 남자가 식당을 둘러봤다. 기주는 자리에서 일어나 손님을 맞이했다. 남자는 일행이 있다고 말한 뒤 뚜벅뚜벅 걸어 창가로 가 여자의 맞은편에 앉았다.

"먼저 마시고 있었어." 여자가 제 앞에 놓인 맥주 산을 가리켰다.

"집회 때문에 도로가 막혔어." 남자가 말했다.

"도로는 늘 막히지. 집회도 늘 있는 일이고."

"오늘은 특히 더 그랬어. 정류장에 서 있는데 사십육 분이 지나도록 버스가 오지 않는 거야. 기사가 알려준 바에 의하면 광장에서 대규모 집회가 열렸다더라고. 차창 밖을 보니까 정말로 엄청난 규모의 집회 참가자들이 버스와 같은 방향으로 행진하는 거야. 그들 머리 위로 각기 다른 단체의 깃발이 펄럭이고 있더라. 단체마다 목청을 높이는 탓에 스피커 소리가 허공에서 각축전을 벌이는 것 같았어. 그리고 순식간에 스피커 소음들이 하나로 합쳐져 차량 경적과 싸우는 듯했지. 모두가 도로를 점유하려는 통에 길은 막히고, 사람과 사람이 부딪치고, 버스는 멈춰 서다시피 했어. 차창으로 본 하늘은 이상하게 맑고 이상하게 선명하면서 이상하게 차분하고 어두컴컴했는데 뭐랄까, 선명하게 침침한 느낌이랄까, 차분하게 불타는 느낌이랄까, 도시 전체가 장밋빛에 물들어 차갑게 타오르는 것 같았어. 사람들까지도 죄다 말이야."

"북새통이었지." 여자가 담담한 목소리로 말했다.

"봤어?"

"그 길로 왔어."

"행렬이 광장 쪽으로 꺾어졌을 때 또 다른 행렬이 사방에서 모여들더라고. 광장에는 이미 여러 집회의 참가자들이 각기 다른 요구사항이 적힌 피켓을 들고 모여 있었고, 진상 규명을 요구하는 유가족들이 제 아이의 사진을 품에 안고 단식투쟁을 벌이고 있었어."

"나도 봤어. 택시 안에서 그 모습을 보는데 기사는 인제 그만 좀 했으면 좋겠다는 거야. 그러면서 유가족한테 험한 말을 하더라."

"왜 그랬지."

"참사가 떠올라서 싫다더라고."

"잊고 싶은 걸 자꾸 기억나게 하면 불편하지."

"하지만 나는 그 기사의 말이 불편했어. 왜 있던 일을 자꾸 지우려 하는 걸까?"

"불편하니까 그렇겠지. 광장에서도 그랬어. 유가족 앞에서 보란 듯이 세계 음식 먹거리 축제가 열리더라고. 불편한 감정이 적의로 바뀌기는 쉬우니까…… 싸우는 사람들도 많던데. 이쪽에서 동성애

합법! 하고 외치면 저쪽에서는 자녀의 성전환, 찬성하십니까? 하고 외쳤고, 다른 쪽에서 종교 내 성범죄 근절! 하고 외치면 또 다른 쪽에서는 종교 평화! 종교 편향 반대! 하고 외쳤어. 어떤 단체는 동상 건립을 주장했고, 다른 단체는 동상 철거를 주장하며 서로 몸싸움까지 벌였어. 집회와 집회, 그리고 맞불집회와 맞불집회가 다인 것 같더라. 편을 갈라 서로 손가락질하고 욕하고 몸을 부딪쳤지. 기자들은 충돌이 일어날 만한 곳에 진을 치고 대기하다가 그 모습을 찍었고, 사람들은 거치대에 단 스마트폰을 높이 쳐들고 공유플랫폼에 반대 진영의 행패를 생중계하느라 정신없었어. 그야말로 아비규환이었지. 그때 갑자기 정신이 아득해지면서 모든 게 다 현실이 아닌 것처럼 느껴지는 거야. 각각 다른 곳에 있던 사람들을 하나하나 오려 한데다 붙여놓은 느낌이랄까, 내가 한없이 작아지는 것 같더니 순간 육체마저 사라지고 시선만 남은 기분이 들었는데 결국은 그마저도 환각 같았어."

"어쩐지 슬픈데."

"어째서?"

"사람은 자기가 보는 것을 닮아가니까."

"내가 본 게 환각이라면 나도 역시 환각인가?" 남자가 농담했다.

"네가 환각이면 너를 보는 나도 환각이지." 여자가 응수했다.

"아무튼 여기를 또 왔구나." 남자가 주위를 둘러봤다.

"일 년 만이지. 오늘이 네 동생 기일이니까."

"어쩐지 좀 바뀐 거 같은데?" 남자가 창에 걸린 전구를 봤다.

"그런가?" 여자의 뺨에 불빛이 어른거렸다.

"뭐 시켰어?" 남자가 말을 돌렸다.

"모둠꼬치. 다른 거 먹을래?" 여자가 물었다.

남자는 메뉴판을 펼쳐놓고 끝까지 다 훑어본 뒤 다시 처음으로 거슬러 올라가 소주와 맥주를 주문했다. 기주는 여자가 미리 주문한 모둠꼬치 안주에 술을 가지고 왔다. 둘은 맥주잔에 소주를 섞어 건배했다.

"오늘, 같이 있던 사람 하나가 흥미로운 말을 하더라." 남자가 말했다.

"뭐라고 했는데?"

"얼마 전 죽음의 공포를 경험했다는 거야. 예전에
도 그런 적이 있었는데 다른 점이 있다면 이번에는
자각이 뒤따랐다는 거고, 자각이 생기자 갑자기 말
할 수 없을 정도로 무서워졌고, 무섭다는 생각이 들
자 더욱 무서워서 견딜 수 없었는데 그때 세상의 모
든 불안장애 증세를 한꺼번에 경험했다는 거야. 그
순간 광막한 우주 공간을 홀로 떠다니는 기분에 사
로잡혀 어둠 속에서 영원히 빠져나갈 수 없을 것만
같더래. 그 일이 있고 나서 확신하던 모든 걸 더는
믿을 수 없게 됐나 봐. 알고 있다고 생각한 세계가
순식간에 낯선 세계로 바뀌었다면서 그날 자기는
새롭게 태어났다는 거야. 그가 말을 마치자 옆에 있
던 사람이 축하한다고 하더라. 부럽습니다. 알고 있
다고 생각한 모든 걸 알 수 없게 되었다는 깨달음이
있었군요, 하면서 말이지. 그 말을 들으니까 그 일이
축하받을 만한 일인 것 같다는 생각이 들면서 약간
은 부럽기도 했어."

"다들 제정신이 아닌 것 같은데?" 여자가 웃었다.

"이 도시에서 제정신으로 살아가긴 어렵지."

"맞아. 사실 제정신이 뭔지도 모르겠어." 여자가 수긍했다.

"거기 있던 또 다른 사람은 그런 감정이 들 때는 약을 먹으라고 하더라. 고통을 느끼면 생활을 즐기지도 못하니까 슬픔을 미리 차단해서 삶의 수준을 높이라는 거야. 고통이 삶을 속인다는 거지. 처음에 그런 기분이 들면 4분의 1알을 먹고, 그래도 뭔가 안 좋으면 4분의 1알을 더 먹으라고 했어. 중요한 건 약을 가지고 있으면 먹지 않아도 마음이 편안하다면서."

"고통을 속이라는 거네."

"결국 삶을 속이라는 거지. 그 얘기를 듣던 누군가 말하기를 고통이 삶을 속이는 게 아니라 고통을 없애려는 노력이 삶을 속인다고 하더라고. 고통을 관리하면 나중에 억압된 것들이 한꺼번에 터져 나온다면서. 그러면 그제야 우리가 서 있는 지반을 보게 되는데 대다수는 그걸 보는 게 두려워 또다시 고통을 관리한다는 거지. 자기는 고통스러우면 그것을 느끼려고 한대. 고통도 삶의 일부분이니까. 우리가 아무 말도 하지 못하고 있는데 그중 하나가 자기도 비슷한 걸 느낀 적이 있다고 털어놓더라. 그 사람은 결혼한 지 얼마 되지 않았는데 남편이 주말마다 야구 연습하러 가서 몹시 고통스러웠다는 거야. 경기도 아닌데 매번 나가니까 얼마나 화가 났겠어? 신혼인데 말이야. 이대로 있을 수는 없겠다 싶어서, 그러니까 함께 즐기고 싶어서 억지로 따라갔는데 야구복을 갖춰 입은 남자 하나가 중학교 운동장에서 남편을 기다리고 있었대. 알고 보니 친구랑 단둘이 만나 하나는 공을 던지고 하나 공을 받고, 자리를 바꿔서 다시 공을 던지고 공을 받고, 그걸 계속 반복해왔다는 거야. 늘 야구복을 갖춰 입고 나가서 적어도 예닐곱은 모여 있을 줄 알았대. 가족들도 함께 나와 응원하는 줄 알았고. 그런데 남의 학교 운동장 한 귀퉁이에서 투수랑 포수 장비까지 갖춘 남자 둘이 그러고 있을 줄은 상상도 못했다는 거지. 괜히 부끄럽기도 하고 짠하기도 해서 치킨 시켜주고 나오다가 문득 돌아보니까 음식을 먹고 있는 둘의 모습이 그렇게 행복해 보일 수가 없더래. 그래서 그날 밤 야구 장비를 죄 갖다 버렸다는 거야. 우리가 왜 그랬냐고 물었더니 갑자기 막 울더라고. 왜

우느냐고 또 물어보니 자기도 모르겠다며 계속 울기만 하더라. 뭔가 잘못된 것 같은데 그게 뭔지 알면 안 될 것 같아서 그냥 모른 척 살아가는 자신이 부끄럽다는 거야. 그 말을 듣는데 세상이 한쪽으로 기운 느낌이 들었어. 모두 다 한 방향으로 기울어 있으니까 그게 균형인 것도 같아서 한편으로는 마음이 놓이더라고. 어떻게 살아야 할지 모르겠어."

"그런 생각을 하는 건 어떻게 살아야 할지 늘 고민한다는 거잖아."

"그런가?"

"그래서 좋아."

둘은 쓸쓸하게 미소 짓고는 일순 고개를 숙였다. 그들의 그림자가 희미하게 비쳐 들어 유리창 위에 또 다른 실루엣이 생겼다.

벽면 텔레비전에서는 뉴스가 나왔다. 앵커가 교황의 선종 소식을 전했다. 교황의 시신이 안치된 유리관이 바티칸 성당으로 들어가는 중이었다. 그 모습을 보기 위해 모여든 전 세계 관광객과 추모객, 취재진으로 성 베드로 광장은 혼잡했다. 운구 행렬을 에워싼 추모객은 울음을 터트리거나 망연자실한 눈빛으로 유리관을 좇았다. 교황은 제의를 갖춘 채 기도하는 모습으로 유리관에 누워 있었다.

화면을 보던 기주는 안타까움에 표정이 일그러졌다. 저렇게 훌륭한 사람도 죽는구나, 교황이 어떤 사람인지 알지 못했지만 그저 죽음은 전부 안타까운 거라서 기주는 그렇게 생각했다.

화면이 바뀌고 몇 해 전 우리나라를 찾은 교황의 모습이 나왔다. 교황은 불의의 사고로 죽은 아이들을 추모하며 자애로운 얼굴로 유가족을 위로했다. 잇달아 '아이들을 사랑한 교황'이라는 자막과 함께 세계 각국의 어린이들을 만나는 모습이 편집되어 나왔다. 세례 받는 동안 울거나 칭얼거리는 아이를 보며 안절부절못하는 부모에게 아이들이 우는 것은 당연한 거라고 따뜻하게 말을 건넸다. 부모는 그제야 안도하며 교황을 바라봤다.

강론 중 단상에 올라와 소란을 피운 한 소녀의 에피소드도 이어졌다. 교황에게 다가가 머리에 쓴 주케토를 달라는 소녀의 행동에 장내가 웅성거렸다. 소녀는 급기야 모자를 벗기려고 교황의 머리에 손을 댔다. 어째서 저렇게 버릇이 없는 걸까? 마음대로 행동하도록 놔두면 안 될 텐데…… 기주는 아이의 부모는 대체 뭘 하고 있을까 생각하며 물끄러미 화면을 봤다. 보안요원이 제지하려고 하자 교황은 인자한 미소를 띠며 한 손을 들어 올렸다. 요원이 동작을 멈추고 원래 자리로 돌아갔다. 아이는 교황에게 매달려 우악스럽게 양팔을 휘저었다. 장내가 다시 술렁였다. 그때 교황이 입을 열었다.

이 아이는 정신의 질병이 있어 자신이 무엇을 하고 있는지 모른다고 합니다. 우리는 이 아이의 질병을 낫게 해달라고 기도했던가, 아이와 가족에게 축복을 내려달라고 기도했던가, 스스로 되돌아보기를 바랍니다.

기주는 눈시울이 뜨거워졌다. 저런 대단한 사람도 죽음을 피할 수 없다는 사실이 슬펐다.

상은도 제가 무슨 짓을 하는지 모르는 게 틀림없어. 하지만 정신의 질병이 있는 것도 아닌데 자기가 하는 짓을 모른다는 게 말이 될까? 기주는 상은이 확실히 자기를 닮지는 않았다고 생각했다. 그러면서도 갈피를 잡지 못해 마음이 불편했다. 그래서 상은이 아직 어리니까 그럴 수 있다고 생각을 바꿨다.

철이 들면 바뀔 거야. 기주는 그렇게 되기를 진심으로 바랐다. 바뀌지 않는다는 건 그만큼 기주가 해야 할 일이 많아진다는 걸 의미했다. 기주는 그럴 시간도, 자신도 없었다.

굶고 있는 난민 아이를 보여주며 후원을 촉구하는 광고 영상이 이어졌다. 한 여자가 뼈만 앙상하게 남은 여자아이에게 다가가 울 듯한 목소리로, 어머나 세상에! 이것 좀 보세요, 말했는데 누구한테 하는 말인지 모호한 탓에 화면 속 사람들 모두 연기자처럼 보였다. 기주는 훌쩍거리며 모금 번호로 오천 원의 기부금을 보냈다. 기주는 그런 종류의 영상이 나올 때면 오천 원의 기부금을 보내는 적이 많았다. 그러면서 제 아이들의 행복을 기원했다. 자신의 노력 덕분에라도 누군가 제 아이들을 돌봐줄 거라고 여겼다.

다시 텔레비전으로 시선을 돌리려던 기주는 출입문 앞에 서 있는 로아를 발견했다. 로아는 엉거주춤하게 서서 기주를 보고 있었다. 시선이 마주치자 로아가 주뼛주뼛 걸어오며 설핏 웃었다.

"엄마 울어요?" 로아가 슬픈 눈으로 물었다.

"안 울어." 기주가 대답했다.

"울고 있잖아요?"

"교황이 죽었다는구나."

기주의 말에 로아는 텔레비전 화면을 올려다봤다. 다시 바티칸 성당이 나왔다. 교황의 시신을 보는 로아의 뺨이 벌겋게 부어 있었다. 기주는 그런 얼굴을 보는 게 괴로워 고개를 돌렸다. 그러고는 시간이 지나면 다 잘될 거라고, 부기도 가라앉고, 자매간 우애도 돈독해질 거라고 믿었다. 비 온 뒤에 땅이 굳고, 담금질한 쇠가 더 단단해지듯, 모든 게 다 순리대로 흘러갈 거라고 여겼다. 피는 물보다 진하다고 하지 않던가. 그런 말이 있는 것도 다 그렇게 되기 때문이라고 생각했다.

"맞았어?"

기주는 다른 대답이 돌아올지도 모른다는 기대를 안고 힘없는 소리로 물었다. 로아는 머뭇거리기만 할 뿐 대답하지 않았다.

"언니 말 잘 들어야지."

기주는 체념과 연민에 휩싸여 기력 없는 손길로 로아의 등을 쓰다듬었다. 로아는 살결이 아픈지 몸을 움찔거리며 신음을 내뱉었다.

"이번에는 어디를 맞았어?" 맞지 않은 곳이 없다는 걸 알면서도 기주는 그렇게 물었다.

"엉덩이하고 팔하고 어깨하고 뺨하고 배……, 언니가 엄마한테 보여주라고 했어요."

"또 뭘 잘못했는데?" 기주는 분위기를 가볍게 하려고 과장되게 웃으며 로아의 윗옷을 살짝 걷어봤다. 멍이 채 빠지기도 전에 또 맞아서 등판이 엉망진창이었다. 늘 보는 멍 자국인데도 볼 때마다 기주는 기가 찼다.

"믿을 수 없구나."

"어떻게 때렸는지 엄마에게 설명하고 오라고 했어요."

"어떻게 때렸는데?"

"빗자루로 때렸어요. 우산으로는 배를 찔렀고요. 옷걸이로 얼굴을 때리더니 손으로 뺨을 후려쳤어요. 그러고는 손바닥이 아프다면서 구둣주걱으로 때렸어요. 등과 어깨, 엉덩이, 허벅지, 종아리랑 배, 그리고 머리도요. 그냥 여기저기 다 맞았어요. 눈 옆은 조금 찢어졌고요."

"어디 보자." 기주가 로아를 살폈다. 관자놀이에 긁힌 상처가 선명했다. "괜찮아. 흉 지지는 않겠어. 그러니까 언니 말 잘 들어야지." 기주는 또다시 웃으며 말했다.

상은은 기주에게 화가 나면 어김없이 로아를 보냈다. 일주일에 서너 번씩 보낼 때도 있었는데 방학이 되면 더 자주 그랬다. 맞은 걸 알려주기 위해 처음으로 식당에 온 날, 기주는 로아를 얼른 집으로 돌려보냈다. 누가 볼까 두려워서였다. 그리고 상은에게 전화를 걸어 화를 냈다. 대답 대신 물건을 집어 던지는 소리가 들려왔다. 기주는 상은을 여러 번 불러보다가 전화를 끊었다. 도대체 왜 저러는 걸까, 생각했지만 그뿐이었다. 손님이 와서 곧 잊어버렸다.

퇴근 후 집에서 본 로아의 모습은 가관이었다. 흠씬 두들겨 맞아서 곤죽이 된 몰골이었다. 로아는 앓는 소리조차 내지 못한 채 벽면 모서리에 전시물처럼 기대서 있었다. 고개를 푹 숙인 모습이 광장에 내걸린 목이 잘린 시신을 연상시켜 무서웠다. 기주는 힘없는 주먹으로 상은의 등을 쳤다. 상은은 제 분을 이기지 못해 온몸을 부르르 떨며 소리 질렀다.

엄마도 자식을 때리면서 왜 자기한테만 뭐라고 하느냐고 악을 썼다. 다음 날 로아는 또다시 초주검이 된 채로 식당에 왔다. 기주는 시선을 피하면서 로아를 얼른 집으로 돌려보냈다.

기주는 상은에게 문제가 있다는 것을 인지했지만 어떻게 해야 할지 알 수 없었다. 상은은 말을 듣지 않았다. 그래서 기주는 자기도 어쩔 수 없는 일이라고 여기며 더는 생각하지 않았다. 아이, 참 속이 상해서……, 말끝을 흐리고 말 뿐이었다. 그런 말은 실제보다 제 고통을 과장하는 힘이 있었다. 문제 해결을 위해 이미 할 만큼 했고, 충분히 고통받았다고 느끼게 해주었다. 큰 고통을 홀로 감내하고 있다는 감상에 젖어 제 삶이 더욱 가련하게 느껴졌다.

상은의 행패는 날이 갈수록 심해져서 기주도 일상으로 받아들이게 되었다. 그러자 희한하게도 사태가 가볍게 느껴지더니 상은이 철이 들면 다 괜찮아질 것이라는 믿음이 생기는 거였다. 상은에게 역으로 길들여지고 있다는 것을 기주는 알지 못했지만 속으로는 자신의 믿음이 부질없다는 걸 알고 있었고, 그래서인지 집에 가는 발걸음이 무거웠다.

로아는 일 층으로 내려오지 못했다. 로아에게 관심을 주면 더 맞을 것이기에 기주도 굳이 이 층으로 올라가지 않았다. 기주는 상은이 점점 더 두려웠다. 나중에는 전화하는 것도 싫어서 로아에게 돈을 쥐여주고는 언니와 맛있는 걸 사 먹으라고 했다. 화해하라고도 했다. 다툰 게 아니었으니 화해할 것이 없다는 것도 알았지만 그렇게 말했다. 상은은 그 돈으로 유행하는 옷을 사 입었다.

돈을 보내지 않은 날이면 상은은 반드시 전화를 해 왔다. 잊었다는 말 따위는 소용없었다. 나중에 주겠다는 말도 당연히 통하지 않았다. 손님이 들이닥쳐 기주가 먼저 전화를 끊으면 상은은 열 번이고 스무 번이고 전화를 걸어와 원하는 대답을 들을 때까지 닦달했다. 고래고래 소리치다가 비명을 질러대기도 했다. 전화기 너머 쩌렁쩌렁 울리는 상은의 목소리를 들은 사람들은 놀란 눈초리로 기주를 봤다. 미진은 물론 손님들도 마찬가지였다.

기주는 창피했다. 그래서 소란의 싹을 미리 잘라 버리려고 상은에게 돈을 보냈다. 어떤 날은 부드러운 말로 타일러보기도 했다. 상은은 불같이 화를 내며 기주의 삶을 난도질했다. 폄훼하고 비난했다. 얼굴을 들이밀고는 바락바락 대들었다. 상은의 성질은 해를 거듭할수록 더욱 나빠졌다. 기주는 상은이 누굴 닮은 건지 골똘히 생각했지만 딱히 떠오르는 사람이 없었다. 제 안에 상은의 모습이 있다고, 저렇게 키운 게 자신이라고도 인정할 수 없었다. 그래서 시댁 친인척 중 마음에 들지 않는 몇을 떠올리고는 핏줄은 어쩔 수 없다고 여기며 죄책감에서 벗어났다.

로아를 데려오기 전 만나던 남자도 상은에게 치를 떨었다. 감시당하는 기분이 든다고 했다. 로아가 오면 상은도 달라지겠지. 모두에게 좋은 해결책이 될 거야. 남자는 상은의 관심을 다른 데로 돌릴 수 있을 거란 생각에 그렇게 말했으나 기주는 자신을 위해 하는 말이라고 여겼다.

남자는 캐피털 회사 직원이었다. 전세 사기를 당해 절망에 빠진 기주에게 경매로 전셋집을 살 수 있도록 대출을 알아봐준 사람이었다. 덕분에 높은 대출이자를 감당해야 했다. 기주는 사실 누구에게라도 위로받고 싶었다. 속상해하면 남자가 기주를 찾아왔다. 두 사람은 차를 타고 교외로 나갔고, 그곳에서 남자는 기주를 위로했다. 바람을 쐬고 돌아오면 기주는 기분이 한결 나아졌다. 그리고 얼마 뒤 로아를 데리고 왔다.

로아는 기주를 기억하지 못하면서도 엄마라고 부르라고 하니 바로 엄마라 불렀다. 남자에게 아빠라고 부르라고 하니 곧바로 그렇게 했고, 상은도 언니라 부르며 곧잘 따랐다. 하루아침에 엄마가 바뀐 상황인데도 시키면 시키는 대로 말을 잘 들었다.

그러나 일이 뜻대로 흘러가지는 않았다. 상은은 성격이 더욱 포악해졌고, 남자는 기주를 떠났다. 로아는 날마다 맞았다. 그런데도 로아는 기주 앞에서 울지 않았다. 보채지도 투덜거리지도 않았다. 기주는 그것이 기특하면서도 안타까웠다. 맞고 와서도 슬며시 미소 지으며 바라볼 뿐이었다. 구해달라는 듯한 눈빛으로 언제 들어올 거냐고 물어볼 뿐 별다른 요구를 하지 않았다. 단지 맞았다고 알려주고 오라고 해서 왔다고만 했다. 기주가 안쓰럽다는 표정을 지으면 집에서 나올 수 있어서 오히려 좋다며 헤, 하고 웃었다. 그러고는 조금 있다가 터덜터덜 집으로 돌아갔다.

제 배로 낳은 자식이어도 첫째와 둘째는 달랐다. 키운 정이 없어서인지 로아를 보는 게 어색할 때가 종종 있었다. 상은을 닮았으면 저렇게 맞고만 있지는 않을 거라고 기주는 생각했다. 사랑받지 못하면 쫓겨나게 된다고, 그 때문에 하라는 대로 고개를 끄덕이며 미소 짓는 게 아닐까, 생각이 들 때면 오히려 그 생각을 빠르게 지워버렸다.

아니다. 기주는 그런 생각을 한 적이 없었다. 단 한 번도 아이들의 입장과 상황을 고려해본 적이 없었다. 태어나자마자 이 집 저 집 옮겨 다니면서 얻은 생존법과 같은 거라고 기주는 생각해보지 않았다. 무조건 적응해야 한다고 이해한 아이가 터득한 삶의 태도라고, 아이의 본능이 선택한 살기 위한 방책이라고 생각해보지 않았다. 기주는 그런 생각을 할 수 있는 사람이 아니었다.

지난 일을 떠올려봤자 괜히 마음만 괴로워질 뿐이었으므로 그런 생각은 하지 않았다. 어차피 돌아갈 수도, 해결책을 찾을 수도 없었고 무엇보다 먹고 사는 데에는 하나도 도움이 되지 않았다. 기주에게 중요한 문제는 따로 있었다. 그래서 기주는 식당을 지켰다. 돈을 쓰면 엄마로서 해야 할 일을 하는 것이라 믿었다.

기주는 더 혼나기 전에 얼른 돌아가라고 로아에게 말할 거였다. 로아는 시무룩해져서 언제 올 거냐고 묻겠지. 그러면 기주는 들어가 있으면 곧 갈게, 하고 말할 것이다. 언제요? 로아가 묻는다. 기주는 그런 로아에게 조금만 참으라고 한다. 조금만 참으면 반드시 좋은 날이 올 거라고 말한다. 로아는 그 말을 곧이곧대로 들을 것이다. 그것 외에는 방법이 없으니까. 할 수 있는 일이 아무것도 없으니까. 기주의 거짓말에 늘 속으면서도 로아는 조금만 기다리면 오늘은 금세 엄마가 올 거라고, 더는 맞지 않을 거라고 생각하지만 그런 일은 일어나지 않는다. 로아는 저물어가는 석양빛을 보며 걸어가겠지. 사람들을 보고, 거리의 간판을 보면서, 어딘가를 향해 방긋, 이해할 수 없는 웃음을 보내며, 누군가 부딪친 팔뚝에 몸이 튕겨 나가며, 모르는 사람의 희롱을 받으며, 붉은 블록에 종종걸음을 내디디면서. 차원의 문이 열려 다른 곳으로 이동하기를 바라며.

그러나 집이 가까워질수록 발걸음은 느려질 테

고, 표정은 어두워지겠지. 대문 밖에 서 있다가 불안해서 더는 견딜 수 없게 되면 그제야 뛰는 가슴을 부여잡은 채 조심조심 현관문을 열 것이다. 인기척을 내지 않으려 애쓰면서 현관에 들어서서는 남의 집에 몰래 들어간 사람처럼 오도 가도 못한 채 서 있을 거였다. 그러면 어둠 가운데서 손바닥이 날아와 뺨에 박혀들겠지.

기주는 허공에 떠도는 상은의 목소리를 들었다. 목소리는 바람결에 실려 온 것 같았는데 바닥 저 깊은 데서 울려 나오는 것도 같았다. 그러나 시간이 지나면서 상은의 목소리라고 생각했던 환청은 로아의 목소리로 바뀌었다. 기주는 문득 누군가가 자신을 지켜보는 듯한 기분에 사로잡혔다. 그래서 로아에게 빨리 들어가라고 말하지 않았다. 왜인지는 몰랐지만 그러지 않았다. 대신 이렇게 말했다.

"어릴 적 너는 아주 밝은 아이였대. 그런데 여기서는 왜 말을 하지 않니?"

기주는 한 번도 해보지 않은 질문을 했다. 그러자 로아도 지금껏 한 번도 하지 않은 이야기를 시작했다.

"배가 뱃고동을 울리며 항구로 다가오면 저는 그

쪽을 향해 뛰어가고는 했어요. 부둣가로 가서 어슬 렁거리면 고양이와 놀 수도 있었거든요. 낚시꾼들 이 물고기를 잡는 모습도 구경하고요. 그러면서 누 군가 오기를 하염없이 기다렸는데 그게 누군지는 저도 몰라요. 대신 멀리서 엄마가 저를 부르는 소리 가 들려왔죠. 그러면 저는 뛰어가 엄마 손을 꼭 붙 잡고 함께 시장을 다녔어요. 그곳에 가면 엄마는 늘 맛있는 걸 사주셨어요. 한 손으로는 엄마 손을 잡고 다른 손으로는 아이스크림을 쥐고서 시장길을 걷 는 게 좋았어요. 엄마는 흥정하며 물건을 사고, 길에 서 우연히 만난 동네 사람들과도 인사를 나눴어요. 그들은 제게 엄마 손 잡고 어딜 가느냐고 말을 걸었 어요. 저는 기분이 좋아 손을 꼭 잡은 채로 폴짝폴 짝 뛰면서 그들에게 인사했죠. 사람들은 저를 예뻐 했어요. 다 그런 건 아니었지만요. 왜냐하면 제가 엄 마의 친딸이 아니라는 사실을 알고 있었거든요. 혼 자 있을 때는 짓궂은 질문도 많이 했어요. 네 엄마 는 어디에 있어? 하고요. 엄마가 집에 있다고 하면 그들은 제게 다시 물었어요. 아니, 그 엄마 말고 네 친엄마 말이야. 친엄마는 왜 너를 버렸어? 하지만 저는 그 질문에 대답할 수 없었어요. 엄마는 집에서 저를 기다리고 있었으니까요. 아무 대답도 하지 못한 채 멀뚱멀뚱 쳐다보면 그들은 갑자기 안됐다는 표정을 짓고는 얘가 제 친엄마가 누군지도 모르네, 고개를 저으며 혀를 찼어요. 그리고 시간이 지나면서는 얼마 전까지 동정하던 아이를 무시해버렸죠."

로아가 숨을 골랐다. 기주는 로아의 말을 듣기보다는 말투가 평소와는 다르다고 느꼈는데 어딘가 어른스러웠다. 뿐만 아니라 능숙하게 말을 이어나가기까지 했다. 마치 보이지 않는 누군가가 옆에 있는 것 같았고, 로아 대신 입을 열어 말들을 쏟아내는 것도 같았다. 로아가 계속 말을 이었다.

"어렴풋이 엄마가 친엄마가 아닌 줄은 알고 있었지만 그게 무엇을 의미하는지는 잘 몰랐어요. 세상은 이해되지 않는 것들투성이지만 밥을 얻어먹어야 하는 아이가 의문을 품는 건 아무런 도움도 되지 않아요. 생명을 연장하려면 무지가 미덕이니까요. 누군가의 손길이 필요한 아이가 의문을 표하면 살아남는 게 불가능해질 수도 있거든요. 그래도 저는 그곳에서 엄마하고 사는 게 좋았어요. 엄마랑 있으면 늘 평화로웠거든요. 집 앞 놀이터에서 트램펄린을 탈 때는 더욱 그런 기분이 들었죠. 힘차게 발을 구르면 하늘을 날아오르는 듯했어요. 손을 뻗치면 하늘을 만지는 것처럼 손바닥이 간지러웠죠. 높이높이 올랐을 땐 우리 집 담장 안이 보였어요. 사다리를 타고 지붕에 올라간 작은아버지를 볼 때도 있고요. 작은아버지는 물이 새는 곳을 찾아 수리하고는 했거든요. 사다리 밑에서 작은아버지를 올려다보며 필요한 공구를 건네주는 엄마의 얼굴도 볼 수 있었어요. 하늘 높이 올라가 엄마를 부르면 작은아버지가 손을 흔들었어요. 엄마는 담장 때문에 보이지 않았을 텐데도 제가 있는 쪽을 향해 웃어 보였죠. 이곳에서 폴짝 뛰어오르면 엄마가 저를 데리러 올까요? 나뭇잎이나 붉은 양탄자 같은 걸 타고 엄마한테 갈 수 있을까요?"

"고모한테 더는 엄마라고 부르지 말라니까." 기주가 불편해했다.

"돌아가고 싶어요."

"너는 돌아온 거란다. 그러니 조금만 더 참아보자."

"언제까지요?"

"다 잘될 거야."

"하지만 여기에서는 맞은 것밖에 기억이 나지 않아요." 로아가 말을 이었다. "종일 마음을 졸이면서 심부름을 하고도 살이 찢어지고 뼈가 부러지도록 맞은 것 말이에요. 오늘은 또 언제 맞을까, 얼마나 맞을까, 많이 아플까, 생각해요. 하루가 빨리 지나갔으면 하고요. 누군가가 저를 데리러 오기를 기다리지만 아무도 오지 않아요. 제가 할 수 있는 일이라고는 나를 구하러 올 사람을 상상하는 것 말고는 아무것도 없어요. 혹시나 다른 곳으로 가는 문이 열리지 않을까, 기대해보는 것 말고는요."

"금세 다 좋아질 거야. 그러니 빨리 집으로 돌아가야지. 맞지 않으려면 말이야." 기주가 로아의 말을 끊었다.

"빨리 가도 늦게 가도 맞는 건 변하지 않아요. 눈치 없이 행동한다고 매일 얻어맞는걸요. 학교 친구들도 자기들끼리 수군대며 제게 말을 걸지 않아요. 늘 멍들어 있으니까요. 한번은 이런 일이 있었어요. 학교에서 한 아이를 골려줬어요. 그때 저는 제가 무서윘어요. 언니처럼 행동하고 있었거든요." 로아가 새로운 이야기를 시작했다.

"약점이 될 만한 이야기를 남에게 하는 건 좋지 않단다." 기주가 또다시 말을 끊었다. "그리고 집에서 일어나는 일은 우리 가족만의 비밀이야. 그러니까 하고 싶은 말이 있으면 엄마와 언니한테만 말해야 해. 알겠지?"

"알고 있어요. 제가 말을 하지 않는 건 아무도 들어주지 않기 때문이에요. 말을 하면 할수록 상황은 더 안 좋아지니까요."

"누가 네 말을 안 듣는다고 그래? 언니도 엄마도 너를 사랑한단다. 늘 네 말에 귀 기울이고 있어." 기주가 다독였다.

로아는 대답하지 않았다.

"우린 가족이야. 그러니까 똘똘 뭉쳐야 하는 거야. 아무한테나 집안 얘기를 하는 건 좋지 않단다."

"알고 있어요. 그래서 누군가에게 말하고 싶을 때면 저는 편지를 써요."

"누구한테?" 기주가 놀라 큰 소리로 물었다.

"그냥 누구한테든 쓰는데 아무도 본 적은 없어

요." 로아가 주저하다가 패딩 안주머니에 손을 넣고 물었다. "보여드릴까요?"

"지금은 바쁘니까 나중에 보자꾸나." 기주는 안심한 투로 말했다.

주방에서 그들의 이야기를 듣던 미진이 가엾다는 표정으로 기주를 보고 말했다.

"얘가 갑자기 입이 트였나? 쉴 새 없이 말을 하네." 미진이 로아를 봤다. "고모는 아이가 없니?"

"저밖에 없어요." 로아가 잠시 생각하고는 답했다.

"거기서는 맞지 않았어?"

"맞은 적도 있어요."

"안됐어라. 어디를 맞았는데?" 미진이 캐물었다.

"하루는 놀이터에서 놀다가 친구들을 따라갔는데 길을 잃은 거예요. 한참을 헤매고 있는데 저녁 무렵에서야 작은아버지가 저를 찾았어요. 집으로 가면서 말씀하시길 무조건 잘못했다고 하라고 했어요. 제가 오지 않아 집이 발칵 뒤집혔다면서요. 골목에 나와 있던 엄마가 저를 보자마자 달려와 엉덩이를 때리면서 엉엉 울었어요. 앞으로는 멀리 가지 않겠다고 했더니 저를 껴안아줬고요. 그날 저녁에 엄마가 조기를 발라 제 입에 넣어줬어요."

"고모한테 가고 싶겠구나. 고모도 너를 데려가고 싶어 했어. 그런데 네 엄마가 거절했지. 악마 같은 네 언니 눈치를 보느라."

"쓸데없는 소리 그만해." 기주가 날카롭게 반응했다.

"사실이잖아요? 게다가 얘도 이렇게 가고 싶어 하는데요."

"내 자식을 누구한테 주라는 말이야? 허튼소리 그만하고 일이나 해." 기주가 소리쳤다.

"꼬치 하나 줄까?" 미진이 말을 돌렸다.

로아가 고개를 끄덕이고는 기주의 눈치를 살폈다.

"언니한테 말하지 말고 혼자만 조용히 먹고 가." 미진이 선심 쓰듯 말했다.

"저기 가서 앉아 있어." 기주가 하는 수 없다는 듯 벚나무 아래 빈자리를 가리켰다.

로아는 힘없이 발걸음을 옮겼다.

그때 문이 열리고 기차 지나가는 소리가 바람에 실려 들어왔다. 남자 둘이 입구에 서 있었다. 그들을 본 기주의 표정이 환하게 밝아왔다. 두 남자가 기주에게 인사하자 미진이 해중의 장례식에 다녀온 이야기를 길게 늘어놓았다. 해중의 죽음과 삶의 덧없음에 대해, 그리고 돌발적인 사건 사고와 예고 없이 들이닥친 불행, 한 치 앞도 내다보지 못하는 인생에 대해 장황하게 이야기하고는 살아 있을 때 행복해야겠다며 말을 더 이으려고 했다. 기주는 눈치껏 말을 자르고 남자들에게 자리를 권했다. 둘은 익숙한 듯 유리창 옆 비어 있는 테이블로 가 앉았다. 그들은 상가번영회 임원으로 공인중개소 소장과 와인바 사장이었다. 둘 다 모임에 가입해 임원까지 올랐지만, 재개발 바람을 타고 사업체들이 빠져나가면서 요즘은 일주일에 한두 번씩 만나 술만 마셨다. 기주도 번영회 회원이었다.

공인중개사가 기주를 향해 앉았다. 기주는 살며시 미소 짓고는 맥주를 따라 그들에게 가져갔다. 좀 앉았다가 가라고 권하는 둘에게 기주는 안주를 내오겠다며 돌아섰다. 공인중개사가 기주의 뒷모습을 바라봤다. 기주는 그것을 아는 양 사뿐사뿐 걸어 주방으로 갔고, 직접 요리하기 시작했다. 잠시 후 기주는 조명 빛에 반짝이는 피부를 드러내며 그들에게

다가가 안주를 내려놓았다. 그러고는 다시 주방으로 가 괜히 바쁘게 움직였다. 미진이 질투에 찬 시선으로 기주를 보다가 약점을 공격하듯 큰 소리로 말했다.

"아이도 불쌍하고요. 결국 저 아이가 집안의 희생양이지 뭐예요? 사장님 편해지자고 바친 제물 같아 정말 안쓰럽네요. 로아를 데리고 얼른 집에 다녀오세요. 큰애를 보면 실마리가 풀릴 거예요. 로아랑 장례식장에 들렀다가 집으로 들어가시든지요."

기주는 미진에게서 남의 불행을 기뻐하는 듯한 느낌을 받은 적이 많았는데 그것은 해중도 마찬가지였다. 겉으로는 걱정하는 체하지만 속으로는 자기만 불행한 건 아니라는 안도감에 웃고 있다는 걸 알았다. 그들의 남편과 자식이 일을 하지 않는다는 사실도, 때문에 월급날 오후면 통장 잔고가 텅 빈다는 사실도 알고 있었다. 그들은 남들에게 불행의 기미가 조금이라도 보이면 그걸 물고 늘어지면서 자신의 불행을 잊었다. 걱정하는 체하며 주변에 불안을 전염시키고, 집으로 가서는 시체처럼 누워 있다가 다음 날 다시 나와 전날과 똑같이 행동했다. 기주는

117

그들이 자신들의 일에나 신경 쓰기를 바랐다.

"조금 있다가 갈 거야."

기주가 또렷한 음성으로 말한 다음 꼬치 몇 개를 접시에 담아 로아에게 갔다. 그러고는 부드러운 손길로 로아의 머릿결을 쓰다듬었다. 로아는 머리통이 아프다며 목을 뒤로 뺐다. 기주는 옆 테이블의 남자들을 의식해 다정하게 미소 지으며 주방으로 갔다. 그 모습을 지켜보던 공인중개사가 로아에게 말을 걸었다.

"엄마가 혼자서 고생하시는구나. 그래도 먹고살 만하니 너는 좋겠다. 그렇지? 집에 돈이 많잖아." 남자가 옆 테이블에서 상체만 기울여 로아를 봤다.

"네." 로아가 대답했다.

"아저씨는 아들이 둘 있는데 그중 첫째는 네 또래란다. 그 아이도 너처럼 얌전하지. 다정하고 착한 아이라 모두에게 사랑받는단다. 나중에 소개해줄게." 남자가 말하고는 종이에 뭔가를 적는 로아를 힐끗 봤다. "그런데 아까부터 뭘 그렇게 쓰는 거야?"

"엄마가 가계부 적듯이 저도 적는 거예요."

"그러니까 뭘?"

"그냥 모두 다 적어요."

"왜?"

"기록하는 거예요."

"그러니까 왜?"

"일종의 구조신호 같은 거예요."

"구조신호?"

"보여드릴까요?"

"나중에 보자꾸나." 남자는 로아의 머리를 한번 쓰다듬은 후 허리를 펴 똑바로 앉았다.

그들 앞 테이블에서 노인과 청년이 말없이 술을 마셨다. 화물열차가 선로를 지나자 식당 안은 더 큰 소음에 휩싸였다. 둘은 아득한 시선으로 눈앞을 지나가는 기차를 바라봤다. 노인이 청년에게 술잔을 내밀었다. 청년은 노인의 잔에 술을 채웠다.

"오랜만에 아들과 함께 있으니 더없이 좋구나." 노인이 말했다.

"좋으신가요?" 청년이 웃었다.

"앞으로 이런 날이 많았으면 좋겠구나. 내가 살면 얼마나 살겠니?"

"오래 사시겠지요."

"그래, 그간 어떻게 지냈니?"

"공부했어요."

"결과가 아직은 없구나."

"아버지가 보시기엔 그럴지도 모르죠."

"아무튼 네가 돌아와서 기쁘다." 노인은 계속 제가 하고 싶은 말을 했다.

둘 사이에 어색한 침묵이 이어졌다.

"넌 다정하고 착한 아이였어. 얌전해서 모두에게 사랑받았지." 노인이 말했다.

"그런가요?" 청년은 노인에게서 시선을 떼지 않았다.

"그래, 그러니 방황은 그만하고 인제 집으로 들어오너라."

"아버지를 돌봐줄 사람이 필요한가요?"

"너는 내가 무슨 말을 하는지 알면서도 괜히 그러는구나."

"알코올성 치매라는 걸 알고 있어요."

"나도 늙었다. 두렵고 무서워. 하지만 그게 다가 아니야. 가정이 화목해야 네 마음도 편하지 않냐? 그러니까 내 말 허투루 듣지 말고 집으로 들어오너

라. 서로 노력이라도 해보자꾸나. 아버지가 집이라도 있으니 얼마나 좋으냐?"

"동생이 죽었는데요."

"오래전 일이다."

"그 애는 그때 스물도 채 되지 않았어요."

"다 지난 일이다. 새삼 들춰서 무엇을 하겠니?"

"아버지 아들이 죽었다고요. 아버지 때문에요."

"아버지한테 말이 지나치구나." 노인이 언짢다는 듯이 말했다.

"아버지의 과거가 오랜 시간이 지나서 아버지한테 되돌아왔다고 생각하세요."

"너는 괜히 말을 어렵게 하는구나."

"인과응보라고요. 뿌린 대로 거둔다는 뜻이기도 하고요."

"그 일이 있고 나서 우리는 모두 힘든 시간을 보냈어."

"아무리 힘들어도 죽은 아이보다는 낫죠."

"무엇보다 나도 많이 변했다."

"그런가요? 그럴 수도 있겠네요. 아버지는 말보다는 주먹이 더 빠른 사람이었으니까요."

"말하는 게 매사 불만이 가득해 보이는구나. 그러지 말아라. 네 마음만 힘들다. 그 아이는 죽음을 선택했어."

"아버지는 아이를 때렸던 두 손을 모아 자신의 건강을 지켜달라고 기도하죠."

"그게 무슨 소리야? 누가 그 아이를 때렸다는 말이냐?" 노인이 격앙된 목소리로 물었다.

"기억이 나지 않는다는 말씀인가요? 역시 아버지답군요." 청년이 슬픈 미소를 지었다.

"시간이 많이 지났어."

"잊은 줄 알았던 시간이 제게는 다시 돌아왔어요."

"그런 게 아니다. 그건 사고였어. 그 아이가 그렇게 된 건 그 애의 운명이었다." 노인이 힘없이 말하고는 숨을 골랐다. "너도 지난 일은 다 잊어라. 그래야 네 마음이 편하다."

"저는 모두 다 기억할 거예요."

"그게 가능하다고 생각하니?" 노인이 청년을 봤다. "불가능한 일이다."

"그럴지도 모르죠." 청년은 술을 마셨다.

"나는 너를 사랑한다. 내게 남은 것은 너뿐이야."
노인이 갑자기 울먹였다.

"집이 있잖아요? 아버지가 믿고 의지하는 돈이
요."

"너도 원하는 게 없다면 나를 왜 만나러 왔겠니?
안 그러냐."

청년은 눈물을 흘리며 제 앞에 놓인 맥주잔을 들
어 벌컥벌컥 마셨다.

둘의 주위가 어둠에 잠기고, 잠시 후 조명이 켜지
듯 공인중개사의 옆모습이 드러났다. 그는 마치 자
신의 미래를 보듯 노인과 청년의 모습을 물끄러미
바라보고 있었다.

벚꽃에 매달린 조명 빛이 로아에게 비쳐 들었다.
로아는 노란빛을 띠었다가 푸른빛에 물들었고, 이
내 붉은빛이 되었다가 초록빛으로 바뀌었다. 그 모
습은 멍이 들었다가 빠지고 다시 멍이 드는 일련의
순환과정을 나타내는 듯했는데 동시에 하나의 혈종
같기도 하고, 신비로운 북극광 같기도, 빛 속에 박힌
검은 구멍 같기도 했다. 아치 형태로 흐드러진 벚꽃

이 로아의 얼굴에 그림자를 드리웠다. 로아는 빛과 그림자 속에서 식당을 봤다.

주방 옆 벽면에 몇 개의 액자가 걸려 있었다. 십장생 그림이 담긴 커다란 액자는 공인중개사가 선물한 것으로 벽면 중앙을 차지했다. 그 밑으로 줄지어 붙은 작은 액자에는 바닷가 마을을 찍은 흑백 사진이 들어 있었다. 사진은 새벽이나 저녁에 찍은 것으로 어촌 풍경을 담은 기록물이었다. 좁은 골목과 나란히 이어진 낡은 주택들, 대문 앞 어망과 담장 위에서 건조 중인 생선들, 등대가 있는 해안가와 배들이 정박한 포구 사진도 있었다. 긴 시간 동안 조리개를 열어두어 마을은 경계가 불분명했고, 드물게 보이는 사람들은 당시의 움직임을 그대로 재연하고 있었다. 그런 이유로 사진들은 비현실적인 느낌을 줬는데 누군가의 시선이 사진에 깃들어 있다가 시간과 공간을 거슬러 식당 내부를 되비치는 것도 같았다.

로아가 사진을 응시했다. 그러자 풍경에 균열이 생기고, 그 안에 잠겨 있던 눈동자가 이쪽을 봤다.

선로를 구르는 바퀴의 진동이 식당 바닥을 울렸

다. 바람 소리를 내며 양쪽에서 오던 기차가 유리창에서 교차하는 순간 진동이 더욱 거세지더니 식당 안으로 광풍이 몰아치는 듯한 착각이 일었다. 선로를 이탈한 기차가 무서운 기세로 눈앞까지 들이닥쳤다. 겹겹의 시간과 공간 속에 묻혀 있던 과거의 기억이 우르르 쏟아져 들어와 거기에 현재, 미래가 합쳐지며 식당은 그것들이 뒤섞인 새로운 세계로 변모했다. 그 순간 로아가 나를 봤다.

6

    나는 어둠에 잠긴 하나의 시선에 불과했지만 눈이 마주치는 것만으로 로아가 있는 세계로 완전히 건너올 수 있었다. 나는 로아 옆에서 로아의 시선으로, 그러나 로아와는 다른 시선으로 눈앞에 펼쳐지는 모든 광경을 보고 있었다. 로아가 내 시선을 좇았다.

    나는 창에 비친 그림자를 바라봤다. 유리창 위에 진하고 연한 그림자의 경계가 생겨났는데 그림자가 우연히 만든 형상 같기도 하고 그림자 속의 그림자

같기도 했다. 점멸하는 불빛에 흐릿한 형상이 진해졌다가 옅어지고 다시 진해지더니 검은 형체가 창에서 분리되어 나왔다. 동시에 창가에 앉은 여자의 얼굴이 바뀌었다. 과거의 내 모습이었다. 맞은편 남자는 공인중개사의 아들이었다. 그의 동생은 오래전에 자살했다. 그의 아버지가 나가 죽으라며 윽박지르자, 그의 동생은 엄마에게 대드는 걸 멈추고 그 길로 나가 정말로 죽어버렸다. 우리는 그 사실을 잊지 않으려고 기일마다 죽음의 시작점인 이곳을 찾았다.

"어느 날 새벽 폭발음을 들었어." 내가, 아니 여자가 말했다. "그날도 불면에 괴로워하다가 겨우 잠이 들었는데 갑자기 도시가 쪼개지는 듯한 폭발음이 들리는 거야. 천둥만큼 큰, 단 한 번의 폭음이어서 나는 폭탄이 떨어진 줄 알았어. 벌떡 일어나 창밖을 살폈지. 어둠에 휩싸인 도시는 적막하기만 했어. 검푸른 하늘에는 구름 한 점 없었고, 연기가 나는 곳도 없었지. 하지만 나는 분명히 폭탄이 터지는 소리를 들었기 때문에 눈앞에 펼쳐진 풍경을 도무지 믿을 수가 없는 거야. 잘못 들은 건가 싶어 다시 자리에 누웠는데 잠은 오지 않더라고. 그런데 며칠 뒤 그 폭발음이 다시 들려왔어. 전보다는 좀 더 작은 소리였지. 도시가 쪼개지는 소리가 아니라 도시의 뼈가 쪼개지는 소리 같았다고 할까? 그러니까 암반에 심어놓은 다이너마이트가 터지면서 거대한 바위가 둘로 쪼개지는 소리. 또다시 벌떡 일어나 밖을 살폈지만 역시 세상은 고요했어. 도시의 불빛을 날이 새도록 보고 있으니까 그제야 비로소 알겠더라고. 소리는 밖에서 난 게 아니라 안에서 난 거라는 걸……, 그건 나한테서 들려온 거였어. 그러니까 내부 폭발음."

"정말 콰앙 하는 소리를 들었어?"

"세상이 터지는 듯한 폭발음. 그리고 두 번째는 도시의 뼈가 부러지는 소리였어."

"네 혈관이 터지는 소리였을지도 몰라."

"그럴지도 모르지." 여자가 웃었다. "하지만 혈관 이상은 발견되지 않았어. 그날 이후 나는 나를 되돌아봐야겠다고 생각했는데 내 감각은 그 전부터 이미 시간을 거스르고 있었나 봐. 내게 먼저 신호를 보냈으니까."

"신호?"

"구조신호. 나는 나를 봐야 했어."

"그래서 뭘 봤어?"

"몸."

"몸?"

"뭘 해야 할지 알 수 있었지."

"뭘 해야 하는데?"

"나는 더 작아지기로 했어."

남자가 고개를 갸웃거리며 여자를 쳐다봤다.

"나를 가둔 창살보다 더 작아져서 그곳을 빠져나오기로 했지."

"그게 가능해?"

"내가 살던 집 옥상에 개 한 마리가 살았거든. 집에서 키우던 개였는데 내가 온 뒤로 그 개는 맞지 않았어. 개 대신 내가 맞았으니까. 하지만 옥상 뜬장에 갇혀 있는 개를 아무도 돌보지 않았고, 나는 간수처럼 매일 먹을 걸 가져다줬어. 꺼내주면 내가 맞을 테니 그 외에 할 수 있는 일은 없었지. 개나 나나 누굴 도울 처지가 아니었거든. 둘 다 갇혀 지내는 상황이라 우린 서로를 위해 할 수 있는 게 아무것도 없었지. 그런데 어느 순간부터 그 개가 보기 싫더라고. 개를 보면 안쓰러우면서도 마치 내 모습을 보는 것 같아 화가 났거든. 위로든 공감이든 연대의식은 공동의 적을 무너뜨릴 수도 있지만 서로를 나약하게 만들기도 하잖아. 자신도 구하지 못하면서 다른 존재를 구한다는 건 애초에 말이 되지 않으니까. 그 안에서 새로운 서열도 만들어지고…… 그러면서 적을 닮아가고……. 나는 뜬장을 발로 차기 시작했어. 창살 사이로 손을 넣어 개를 때리기도 했고. 내 앞에서 굴종하는 개를 보니까 재미있는 거야. 그러면서도 나를 괴롭힌 사람들과 똑같이 하고 있다는 죄책감이 들더라. 그런데 어느 날부터 개가 사료를 전혀 먹지 않고 하루하루 말라가더라고. 곧 죽겠구나 싶었는데 꼭 나의 미래를 보는 듯했지. 하루는 그개가 나를 물끄러미 올려다보더니 갑자기 웃는 거야. 아, 오늘이구나, 오늘이 죽는 날이구나, 생각하고 있는데 힘없이 웅크리고 있던 개가 아주 천천히 몸을 일으켰어. 예상보다도 무척 작더라고. 늘 웅크려 있는 모습만 봐서 그렇게 작은 줄은 몰랐지. 이윽고 작은 몸이 더욱 작아지더니 더욱더 작아져서는 창살 사이로 걸어 나오는 거야. 천천히 움직여서 옆집 옥상으로 건너갔는데 나는 저 조그만 개가 결국 죽어서 뜬장을 나가는구나 싶었어. 죽은 다음 제가 가고 싶은 데로 건너가는구나, 하고 말이야. 그런데 옆집 옥상 난간에서 걸음을 멈추고 뒤를 돌아보는 거야. 제가 있던 곳을 눈에 담겠다는 듯 슬픈 미소를 띤 채 조용히 응시하다가 그대로 사라져버렸지. 헛것을 봤다고 생각했는데 뜬장은 정말로 비어 있었어. 그제야 깨달았지. 그 개가 그간 사료를 먹지 않은 건 몸을 작게 만들기 위해서였다는 걸. 작아져서 뜬장을 빠져나가려고 그랬다는 걸."

"네가 문을 열어줬겠지?"

"아니. 열어주지 않았어."

"믿을 수 없는데. 만들어낸 이야기 아냐? 아니면 죽었거나."

"그래. 지금쯤 죽었을지도 모르지. 아무튼 나도 몸을 작게 만들어 집에서 나가야겠다고 생각한 건 그때부터였어. 하지만 어쩐 일인지 나는 되레 뜬장에 갇혀버린 것 같았지. 그 개를 까맣게 잊고 있었는데 불면증에 걸려 괴로워하던 중에 갑자기 떠오르더라고. 그렇게 몇 달을 지내다가 어느 날 폭발음을 듣게 된 거야. 나는 다시 그 개처럼 작아져야겠다고 생각했어. 하지만 어떻게 작아지는 건지는 알 수 없어서 존재를 드러내지 않는 방식으로 빠져나가기로 했어. 아무도 나를 신경 쓰지 않도록 말이야. 그렇게 생각하자 기억 하나가 떠오르더라. 중학교에 다닐 때 나는 말이 없는 학생이었어. 친구들이 말을 거느라 어깨를 툭 치면 비명을 지를 만큼 멍든 데가 아팠지만 입을 꾹 다물어야 했어."

"중학교 다닐 때까지 맞은 거야?"

"아니. 고등학교 다닐 때까지."

"대들지 그랬어?"

"어릴 적부터 맞아서 대들 생각조차 하지 못했어. 늘 주눅 들어 있었는데 친구들도 그 사실을 알고 있었지. 나는 나를 보호하기 위해 친구들도 피해야 했어. 나를 두고 뒤에서 쑥덕인다는 것도 알았어. 어떤 애가 나를 위한답시고 하는 말이 아무도 믿지 말라는 거야. 마치 자기가 대단한 선심을 베풀고 있는 양 충고했지. 그러면서 처신을 잘하라고 하더라. 나는 집에서 나왔다는 사실만으로도 좋아서 혼자 생각하고 혼자 창밖을 보고 혼자 교정을 거닐기나 할 뿐 눈에 띄는 일은 하지 않았는데 말이야. 그때부터 집에서도 학교에서도 생각하기를 멈췄어. 생각하는 게 눈에 띄는 모습이라는 걸 알게 되었거든. 일부러 멍청하거나 우스꽝스러운 행동을 했어. 시답잖은 농담에 시답잖은 행동을 하면서…… 공격할 의도가 없다는 점을 명확히 알린 거지. 나를 지키기 위해서는 어쩔 수 없었어. 그러자 학교 다니기가 수월해진 거야. 우습지? 그렇게 지내서 그런가, 언젠가부터 그게 내 모습이 되어버린 거지. 그 개가 작아져서 뜬장을 빠져나간 것처럼 나는 멍청한 짓으로 빠져나올 수 있었어. 그러나 가족을 벗어나기는 쉽지 않아. 창살조차 없는 감옥 같거든."

"어떤 관계는 하나가 죽어야 끝이 나는 것 같아."

"그리고 또 어떤 관계는 죽어야 다시 시작되는 것 같아."

"슬프군."

"그렇지? 내 슬픔의 기원은 내가 그들을 닮았다는 것, 그들의 또 다른 몸뚱이라는 것. 벗어났다고 생각하는 순간 그들은 모습을 바꿔 나를 또다시 시험대에 올리지. 몸통을 자르면 여러 마리로 증식하는 것처럼. 초등학교 다닐 때 한 아이를 골려준 적이 있어. 틱장애 때문에 몸을 괴이하게 움직이고, 간혹 발작을 일으키던 아이였지. 다들 괴롭히니까 누구든 그 애를 괴롭히는 게 전혀 이상하지 않았어. 나도 그 애를 괴롭히고 싶었는데 괜히 혼내주고 싶더라고. 그래서였을 거야. 교실이 비었을 때 그 애 가방에 나와 동급생 물건 몇 개를 몰래 넣었어. 교실로 돌아온 아이들이 물건이 없어진 사실을 알게 되자 나는 큰 소리로 말했지. 가방을 열어보자. 모두 열어보면 범인을 잡을 수 있을 거야. 당연히 그 애는 자기 가방을 순순히 열었어. 어땠겠어? 내가 넣어놓은 물건이 쏟아져 나왔지. 그 애는 영문을 몰라 당황했어. 억울해서 앙앙 울며 책상을 쾅쾅 쳐대는 모습은 꼭 괴물 같았지. 이상한 흥분 속에서 그 광경을 지켜보고 있었는데 그 애가 갑자기 나를 노려보는 거야. 나도 죄책감에 일부러 더 그 애를 노려봤어. 억울해하는 그 애의 모습을 보는 게 재미있더라고. 얼굴을 일그러뜨리는 바보 같은 표정도……
몇 달 뒤 그 애는 죽었어. 방학 동안 집에 홀로 방치돼 있었다더라. 우습게도 그 애 부모는 학교에 와서 슬피 울었어. 그 모습을 보며 생각했지. 눈물은 존재의 누설이 아니라고……. 그 눈물은 하나의 형식이었어. 교내 방송으로 추모의 기도가 흘러나오는 가운데 우리는 모두 고개 숙여 그 애의 명복을 빌었어. 그리고 착한 아이였다고 말했지. 그렇게 모든 게 일단락되었어. 사실 그 개는 내가 풀어줬어. 그 일이 있고 나서. 하지만 덜 맞으려면 이야기를 만들어야만 했지."

"이야기가 너를 살렸네."

"안 그랬으면 그날 맞아 죽었을 거야."

"맞을 게 두렵지는 않았어?"

"어차피 맞을 거였어. 덜 맞고 싶기는 했지. 그것보다도 살기 위해 생각을 하지 않는 척했는데 결국은 아무 생각도 하지 않는 사람이 되었다는 걸 안 게 더 끔찍했어. 계속 그렇게 사는 건 내가 나를 방기하는 것과 다를 바 없다고 생각했던 것 같아. 그러니까 끔찍해지지 않으려고 그랬던 거지."

"개를 풀어준 건 잘한 일이야."

"하지만 개가 나가고 나서 다시 아무 생각도 하지

않는 사람이 되었어. 맞아 죽지 않으려면 어쩔 수 없었지." 여자의 눈에 눈물이 차올랐다.

"조금 전에 눈물은 존재의 누설이 아니라고 하지 않았어?" 남자가 웃었다.

"가끔은 아닐 때도 있나 봐." 여자는 눈물을 흘리면서 따라 웃었다.

창가에 내걸린 전구 불빛이 둘의 뺨에 무지갯빛을 드리우고는 일순 꺼져버렸다.

여자가 하는 말에 귀 기울이던 로아는 놀란 표정으로 나를 봤다.

"안녕?" 나는 친구에게 말하듯 인사했다.

"누구예요?" 로아가 유리창 쪽 여자와 나를 번갈아 보며 물었다.

"네가 하는 말을 모두 듣고 있는 사람."

"내가 하는 말을……?"

"그리고 말하지 않은 것들도……."

"말하지 않은 것들도……?"

"너는 두려움에 떨고 있는 나를 불렀지."

"두려워요?"

"지금은 앞이 보이지 않으니까. 나도 두려워……

너처럼."

"트램펄린을 타면 보이지 않던 게 보이기도 해요. 아래를 내려다볼 수 있거든요."

"트램펄린?" 나는 로아를 봤다.

"하늘 높이 오르면 밑에서는 보이지 않던 사람들도 보이고요. 제자리로 돌아오면 다시 혼자지만요." 로아가 말하고는 물끄러미 나를 봤다. "다시 혼자가 될까요?"

"지금은 함께 있는걸?" 나는 미래의 어느 날 내 옆에 와 있는 나를 상상하며 웃었다.

나를 따라 웃던 로아가 슬픈 표정을 지었다.

"혼자가 되겠군요."

"하지만 지금과는 다른 혼자."

"지금과는 다른 혼자?"

"테세우스의 배 이야기를 알고 있니?"

"아니요."

"오래전 괴물을 죽이고 돌아온 배가 낡아서 쓸 수 없게 되었을 때 수선을 위해 나무판을 모두 바꿨다면 그 배는 전과 같은 배일까, 아닐까?"

"같은 배…… 기억을 간직하고 있으니까요. 아니,

다른 배요. 나무판을 모두 새 걸로 바꿨잖아요."

"맞아. 같기도 하고 아니기도 하지만, 같다고도 아니라고도 말할 수 없단다."

"어려워요." 로아는 대답을 기다리는 표정으로 나를 봤다.

"지금은 어렵게 들릴 거야. 그러니까 너이면서도 네가 아닌 로아가 너를 찾아올 거라는 뜻, 테세우스의 배처럼."

"지금처럼이요?"

"그렇단다."

"제가 쓴 편지를 보여줄까요?"

"그래."

로아가 제 앞에 있던 종이를 내게 주고는 수줍게 미소 지었다.

그 순간 문이 요란하게 열리고 커다란 괘종시계를 든 상은이 식당 안으로 들어왔다. 상은은 뚜벅뚜벅 걸어 로아의 맞은편 어둠 속에 앉으며 괘종시계를 내려놓았다. 초침 소리가 마치 몸에서 나는 듯했는데 상은은 아무 소리도 들리지 않는다는 듯 행동했다. 주위 사람들도 그 소리를 듣지 못하는 것 같았다. 괘종에 달린 시계추의 움직임이 점차 빨라지더니 마치 시간이 보내는 잔인한 웃음처럼 종소리가 울려 나왔다. 상은은 더 나이 들어 보였다.

"오랜만이야." 나를 보며 말을 뱉은 상은이 황홀한 표정으로 주위를 둘러봤다. "너는 멀리 달아난 줄 알겠지만, 한 번도 이곳을 벗어난 적이 없단다."

상은이 로아를 봤다. 로아는 다시 움츠러들었다.

"어쩐지 조금 변한 것 같은데?" 상은이 나를 봤다.

나는 대꾸하지 않았다. 상은도 내 대답 따위는 안중에 없었다.

"내가 아이를 낳아보니 그 시절 엄마의 잘못이 더없이 크다는 생각이 들어." 상은이 말했다. "엄마는 나를 방치했지. 하지만 너한테만큼은 최선을 다했어. 너를 다시 데려오느라 고생한 건 사실이니까. 그러니 너는 감사해야 해. 어떤 아이들은 태어나자마자 화장실에 버려지기도 하는데 너는 죽지도 않았고, 실종되지도 고아가 되지도 않았어. 오히려 보호받았지. 하지만 나는 달랐어. 네가 보호받고 있을 때 나는 늘 혼자였거든. 엄마는 돌아온 너 때문에 나를 전혀 신경 쓰지 않았고, 오히려 편애를 일삼았으니까. 너는 영악하게도 엄마와 나 사이를 계속 이간질했어."

상은이 감시하는 시선으로 로아를 주시하며 말을 이었다.

"그런데도 나는 너를 사랑했단다. 너를 사랑해서 네가 나와 같아지기를 원했지만, 불행히도 넌 그것을 원하지 않았어. 늘 너와 함께였는데도 혼자라는 좌절감은 나날이 커져만 갔지. 그 시절을 떠올리면 나는 외로움에 몸부림친 기억밖에는 없단다. 거기서 탈출하려면 가정을 꾸리는 것 외에 방법이 없었어. 내가 결혼하고 나서 너는 자유를 얻었다고 생각했겠지. 그러나 착각이었다는 것도 알았을 거야. 나는 너를 버린 적이 없으니까."

상은이 얼굴을 핥는 듯한 시선으로 로아를 뜯어봤다. 나는 로아에게 시선을 돌렸다. 그리고 뭔가를 간절히 바라며 마음속으로 말했다.

너는 열여덟이 될 거다. 상은은 결혼해서 집을 나가겠지. 남편에게 너를 때린 사실을 들키는 게 두려워서라도 전처럼 대하지는 않을 것이다. 약점을 잡히는 게 싫어서 과거를 숨길 것이다.

그때 너는 네 삶을 돌아보지 않는다. 너와 같은 피해자라고 여기며 기주와 함께 지낼 것이다. 기주는 늘 상은을 탓하며 그 성질을 이길 수가 없다고 푸념하고, 너처럼 자기도 어쩌지 못하는 일이라고 말한다. 그런 다음에는 동정 어린 시선으로 너를 본다. 일곱 살부터 수도 없이 들어온 말이어서 너는 그 말을 의심하지 않는다. 다시 생각하지도 않는다. 기주도 어쩔 수 없었다고, 상은이 휘두르는 칼날을 피해 숨죽인 채 가만히 있는 것 외에 할 수 있는 일이 없었다고 여긴다. 상은과 가족의 형태도 유지할 것이다.

상은과 멀어지는 걸 기주가 원하지 않았기 때문에 너는 가족의 일원이 되어 네 마음을 돌보지 않는다. 상은과의 관계를 정리하려고 할 때마다 기주는 이렇게 말할 것이다. 상은의 성격은 고칠 수가 없으니까 좀 더 나은 네가 이해하라고. 기주의 속상한 표정을 보면 너도 속상할 테지. 기주를 봐서라도 너는 상은과 적당히 지낼 것이다. 엄마에게 잘하는 딸이 되려고 노력한다. 그리고 그것이 세상의 이치라고 믿는다. 그렇게 시간이 흐를 것이다.

그러다가 어느 날 방치했던 시간이 밀어닥칠 것이다. 그러면 너는 그제야 뭔가 잘못되었다는 걸 알게 되겠지. 딸을 희생양으로 바치고도 아무런 거리낌 없이 살아온 자가 네 엄마라는 것을. 남의 주검을 밟고 선 자들, 부끄러움이 없는 자들, 그게 네 핏줄이라는 것을.

로아는 내 얘기가 들린다는 듯 슬픈 표정으로 나를 봤다. 그때 상은이 껴들었다.

"나는 내 아이한테만큼은 내가 겪은 아픔을 물려주고 싶지 않았어. 그 어떤 좌절도, 아주 조그만 고통도 결핍도 몰랐으면 해서 나는 아이에게 붙어 잠시도 떨어지지 않았지. 그렇게 완전히 결속되어 결국은 한 몸이 되었단다. 그런데 아이가 성격이 나빠. 행복에 겨워 늘 화가 나 있어. 그 탓에 여러 문제를 일으키고 있지. 병원에서는 성격장애라고 하더라고. 끔찍한 형벌을 내리는 하늘이 원망스러웠어. 한번은 천장을 물끄러미 보고 있자니 문득 이런 생각이 드는 거야. 어린 날의 실수로 벌을 받는 게 아닌가, 과거에 철없이 한 행동 때문에 지금 화를 당하고 있는 게 아닌가. 그러자 너를 만나 이야기를 해야겠다는 생각이 들었어. 같은 이유로 얼마 전에는 아버지를 찾아갔어. 살아 계실 때 해준 것이 없으니까 내 아이라도 잘 돌봐달라고 납골함을 보고 울면서 소리 질렀어. 기도 때문에 그런가, 내 딸은 나보다 더 크게 엉엉 울더라. 순식간에 아이가 달라진 것 같았지. 앞으로는 말을 잘 듣겠다고 하더라고. 그래서 너를 불렀어. 네게 사과하려고. 네가 나를 이해해준다면 이 지긋지긋한 진창에서 완전히 벗어날수 있을 것 같아. 내가 너보다 더 힘들었다는 건 누구나 아는 사실이니까. 나도 너를 이해해보려고 애쓰고 있단다." 상은이 목소리를 가다듬더니 짐짓 진중한 투로 물었다. "로아야, 아직도 언니가 밉니?"

상은이 애무를 원하는 듯한 눈길로 나를 봤다. 그런 탓에 그 눈은 나를 보고 있지만 아무도 보고 있지 않은 것과 같았다. 잘못을 상대에게 내던지는 버릇도 여전했다. 원하는 대답을 들을 때까지 상대를 닦달하는 버릇도. 그러나 원하는 대답을 듣더라도 그의 불안은 사라지지 않을 것이다.

이해하기 위해 노력할 필요는 없다. 이해하려고 노력한다는 말은 몰이해의 증거일 뿐이니까. 상은의 세계는 슬픔의 실체는 없고 자기 연민만 가득했다. 타인은 없고 자신만 있었다. 그러나 사실은 자신도 없는 세계, 선도 없고 악도 없으며, 이용 가치에 따라 선과 악이 바뀌는 세계, 그 안에서 모든 걸 통제하려고 하지만 아무것도 통제할 수 없기에 늘 불안에 시달리는 세계였다. 그 세계에서는 상처도 슬픔도 모두 전형이다. 전형적인 사고에 갇힌 자에게 자기 언어가 있을 리 없었다. 그러므로 생각도 없고 변화도 없는 세계, 고작 그런 세계, 고작 그런 사람, 나를 불안에 떨게 했던 이의 실체.

나는 헛웃음이 나왔다.

"왜 웃니? 왜 그랬냐고 묻고 싶은 거야? 이유가 어디에 있겠니. 이유를 말하면 믿을래? 이러지 마. 이유는 일이 일어난 후에 만들어지는 거란다. 진심이라고 하면 곧 진심이 되는 것과 마찬가지지. 그래도 궁금하다면 말하지 못할 이유도 없으니 얘기하자면 넌 어릴 때부터 생각이 없었지. 눈치도 없었고 말도 안 들었어. 늘 내게 상처를 줬지. 심지어 엄마와 나 사이를 이간질했다니까. 그런데도 나는 너를 사랑했단다. 엄마는 아무런 선택도 결정도 판단도 하지 못했으니 나는 어쩔 수 없이 가장이 되어 집안을 통제해야만 했어. 그래서 그런 거야. 너를 보호하느라고. 너를 사랑해서. 게다가 그때 난 사춘기였잖아."

로아는 다시 움츠러들어 상은이 말하는 내내 고개를 푹 숙이고 있었다. 그리고 형형색색의 빛과 그림자 속으로 빨려 들어가 그 안에 고인 검은 어둠과 뒤섞여 그대로 굳어버렸는데 스스로 박제가 된 듯도 했다. 오랜 시간 세뇌당한 사람은 어처구니없는 말에도 두려움을 느끼는 법이다. 나는 로아를 대신해 상은을 봤다.

"너는 너를 바꿀 기회가 여러 번 있었어. 너는 가해자이면서 동시에 피해자이기도 했으니까. 그러나 폭력을 선택했고, 그때부터 넌 고작 그런 가해자가 되었을 뿐."

나는 로아의 손을 다잡았다. 그러자 로아가 다시 나를 봤다.

상은은 내가 하는 말을 듣지 않는 체하느라 벗나

무에 매달린 불빛을 봤다. 그때 새로운 무기를 펼치듯 아이 하나가 그 옆에 앉아 제 엄마를 보고 있었다. 상은이 나를 때렸던 손으로 제 아이의 얼굴을 쓰다듬었다. 아이가 귀찮아하며 짜증 부렸다. 상은이 이번에는 아이의 보드라운 뺨을 만졌다. 시기와 질투, 연민과 사랑이 소용돌이치는 눈동자가 딸을 향해 움직였다. 순간 아이는 로아만큼 자라 있었다. 아이가 볼을 만지는 상은의 손을 쳐내고는 나를 봤다.

"하나밖에 없는 조카가 달라는데 안 줄 거야?" 아이가 물었다.

나는 무슨 뜻인지 몰라서 다음 말이 이어지기를 기다렸다.

"이모한테 가족은 우리밖에 없잖아!"

나는 잠자코 아이의 말을 들었다.

"그러니까 이모가 가진 것은 다 내 것이지." 아이가 말하고는 겸연쩍다는 듯 씨익 웃었다.

"무엇을 달라는 말이니?" 내가 물었다.

"엄마가 원하는 것!"

"용서해달라는 말이니?"

"그뿐 아니라 이모가 가진 것까지 싹!"

"무엇을 내어놓으라는 말이니?"

"물질! 죽을 날이 얼마 남지 않았잖아?" 아이가 웃었다.

"오! 내 아이가 세상의 이치를 아는구나." 상은이 아이를 보고 대견하다는 듯 웃었다. "나는 아이를 통해 진화한단다. 두려운 사람들이 어느 순간 나와 한 몸이 되었고, 나는 또다시 내 아이와 결속되어 더 큰 하나가 되었단다. 나는 아이를 통해 더욱 새로워지면서 끝없이 이어지지."

나는 웃음이 나왔다.

"너는 웃는구나. 언젠가부터 너는 늘 내 말에 웃었지. 그리고 지금은 내 아이의 말에도 웃는구나. 하지만 네가 발을 딛고 있는 곳은 내가 만든 세상이란다. 세상의 질서가 나와 아이를 보호하지. 그러니 내 아이의 말에 복종해라." 상은이 명령조로 말했다.

나는 상은을 바라봤다. 상은의 아이를 봤다. 그리고 나와 다른 나, 로아를 봤다. 로아가 상은을 봤다. 상은이 만들었다는 세계를 봤다. 지배당한 자가 자신의 상처에 함몰되면 자기가 싫어한 게 되어버리

는 걸까. 자기 자신을 포기하고도 무엇을 포기한 줄
도 모르게 되는 걸까. 상은은 남을 괴롭히면서 이미
죽어 있는 자신을 한 번 더 죽이고 있었다. 그리고
제 아이도 망치고, 주위 사람들까지도 모두 망쳤다.
상은은 바뀌지 않을 것이다. 죽을 때까지 부끄러움
을 알지 못하고 살아갈 거였다.

"역시 훈육이 부족했군!" 상은이 벌떡 일어나 나
를 보며 로아의 뺨을 후려갈겼다.

로아는 잡았던 내 손을 놓고는 몸을 한껏 움츠렸
다. 상은이 씩씩거리며 자기 얼굴을 보라고 외쳤다.
로아가 고개를 들어 상은을 봤다. 상은 옆에 앉은
아이를 봤다. 기주를 보고 그 주위의 사람들을 봤다.
나는 로아를 봤다. 로아의 얼굴에 상은의 얼굴이 겹
쳤다. 그리고 기주의 얼굴이, 로아를 희롱하던 사람
들의 얼굴과 동급생들의 얼굴이 하나하나 겹쳐 보
이다가 종국에는 그 모든 얼굴이 하나의 얼굴, 로아
가 되는 거였다. 그리고 다음 순간 로아와 나 사이
에 검은 그림자가 껴들었다.

로아는 내게서 멀어져 제가 있던 곳으로 되돌아
가려고 했다. 나는 두려움에 떨며 다시금 로아의 손

을 움켜잡았다. 둘 사이에 껴 있던 검은 그림자에 균열이 생기더니 어둠을 비집고 더욱 검은 빛이 흘러나왔다. 검은빛은 색색의 불빛을 흡수한 다음 밖으로 되비치지 않았기 때문에 허공에 난 구멍처럼 보였다. 나는 그 구멍을 향해 손을 뻗었다. 그러자 검은 구멍이 나를 끌어당겼다. 나를 빨아들이던 빛이 이윽고 로아에게 감겨들었다. 다음 순간 나와 로아는 칠흑 같은 어둠 속에 있었는데 경계가 지워져서 서로를 분간할 수 없었다.

멀리 어슴푸레한 빛 하나가 보였다. 빛은 허공에서 밝게 빛나는 섬처럼 보이다가 바다를 떠다니는 조각배처럼도 보였는데 아무것도 없는 환시의 공간인 것도 같았다. 흐릿한 빛이 점점 더 가까워져 왔다. 그곳은 로아가 상은의 눈을 피해 매일 드나들던 곳, 비탄에 잠긴 다락방이었다. 창가에 놓인 작은 책상 위에 커다란 유리병 하나가 빛을 받아 반짝였다. 그 안에 종이배처럼 접힌 수많은 편지가 쌓여 있었다. 나는 유리병 가까이에 다가갔다. 그러자 마개가 열리고 편지들이 우르르 쏟아져 나왔다. 자신을 구해주기를 바라며 로아가 띄워 보낸 편지들이 어둠 가운데 별빛처럼 떠올랐다. 그리고 시간의 물살을 건너 천천히 내 앞으로 흘러들었다. 마침내 로아의 편지가 내게 당도했다.

나는 로아의 육체를 만지듯 편지를 읽었다. 편지 안에 로아가 본 세상이 펼쳐졌다. 상은과 기주, 기주가 만나온 사람들과 로아가 본 사람들이 살고 있었다. 그때 갑자기 번쩍 섬광이 일더니 무지갯빛 광휘가 로아를 휘감았다. 뼈가 부러지는 소리, 살이 찢어지는 소리, 울컥울컥 피를 토해내는 소리가 이어졌다. 로아는 산산이 부서져 자신이 쓴 편지 위에 고요히 내려앉았다. 재가 되어 그 안에 사는 사람들과 뒤섞였다.

로아는 그렇게 망실되었다. 분열되고 쪼개져 더욱 작아져서는 마침내 사라졌다.

순간 머리를 울리는 폭발음이 들려왔다. 그것은 몸 안에서 뭔가가 부서지는 소리, 다시 맞춰지는 소리, 망실된 로아가 나의 뼈와 살에 박혀드는 소리였다.

이윽고 내 심장 부근에서 로아가 눈을 번쩍 떴다. 몸을 일으켜 기지개를 켜듯, 씨앗이 움터 새순이 흙을 뚫고 나오듯, 꽃봉오리가 벌어지듯, 혈관 끝까지 피돌기가 일어나듯 로아가 활짝 피어났다.

7

다음 순간 나는 식당에 있었다. 창가에 앉은 노인이 자리에서 천천히 일어나 계산대로 향했다. 그 모습을 본 청년이 뒤를 쫓았다. 기주가 계산대로 다가갔다. 노인이 마주 오는 기주를 물끄러미 보다가 떨리는 목소리로 물었다.

"당신은 오래전 이 식당에서 닭튀김을 팔던 여자가 아니오? 내게 해사하게 웃어주고, 나와 함께 양고기를 나눠 먹고, 두물머리 커피집에도 가지 않았소?"

기주가 대답하지 않자 노인의 목소리가 호통으로 바뀌었다.

"어떤 놈이랑 붙어먹느라고 연락 한번 없었던 거요? 내가 얼마나 기다렸는지 정녕 모른다는 말이오?" 노인이 기주의 양어깨를 움켜쥐었다. "나와 보낸 황홀한 시간을 모두 잊었다는 말이오? 진정 기억나지 않는다는 거요?" 노인이 분하다는 듯 몸을 부들부들 떨었다.

기주는 당황해 공인중개사를 바라봤다. 공인중개사는 멍한 표정으로 노인과 그 옆의 청년을 보고 있었다. 청년이 노인을 말렸다. 노인은 청년을 밀치고는 기주를 향해 소리쳤다.

"내 아들놈이 죽었어. 너 때문에!" 노인의 목소리는 절규로 변했다.

소란이 일자 사람들의 시선이 쏠렸다. 청년이 수치스러운 표정으로 노인을 부축하며 말했다.

"아버지, 그만하세요."

"내가 누구란 말이냐? 여기가 어디란 말이냐?" 노인이 양손으로 제 얼굴을 감싸 쥐고는 흐느껴 울었다. "기억이 나지 않아……."

공인중개사가 청년을 봤다. 입구 쪽에서 여자와 마주 앉아 있던 남자가 뒤를 돌아봤다. 남자와 청년의 시선이 허공에서 부딪치는 동안 노인은 제가 있던 자리로 가 빈 나무꼬치 몇 개를 움켜쥔 채 되돌아왔다. 그러고는 그걸로 기주를 찔렀다. 대여섯 개의 나무꼬치는 기주의 어깨에 닿았다가 힘없이 부러졌다. 기주가 놀라 제 어깨를 살폈다. 어깨는 멀쩡했다. 와인바 사장이 뒤돌아 그들을 구경했고, 공인중개사는 노인과 청년을 살피다가 자기와는 상관없다는 듯 술을 마셨다. 미진은 주방에서 나와 바닥에 떨어진 빈 꼬치를 주워 쓰레기통에 버렸다. 십장생이 그들을 굽어보고 있었다. 그들이 돌연 움직임을 멈췄다.

그 가운데 입구 쪽 테이블에 앉은 여자가 나를 봤다. 시선이 마주치자 여자는 자리에서 천천히 일어나 내게로 다가왔다. 그런 다음 나와 하나가 되어 내게서 멀어졌다.

8

시계 초침 소리가 끊임없이 들려오고, 벚나무 안 조명 빛이 환등기처럼 돌아갔다. 기차 소리가 들려 오다가 잦아들었다. 괘종이 울리자 은은한 종소리 가 퍼져 나왔다.

"가야 할 시간이 됐어." 내가 말했다.

괘종 문이 저절로 열리고 상은이 자리에서 일어 났다. 상은의 움직임은 몹시 부자연스러웠는데 마 치 굵은 줄에 매여 있는 인형 같았다. 줄은 그의 딸 과 연결되어 있었고, 줄의 끝에 기주가 있었다. 셋은 자신을 묶은 줄에 의지해 괘종이 마치 제 관인 양 몸을 구겨서 그 안으로 들어갔다. 종소리가 멎고 괘종의 문이 닫혔다.

9

어떤 관계는 죽어야 끝난다.

용서도 화해도 없다. 잊지도 않는다.

10

시계 초침 소리가 계속 이어지는 가운데 어둠 저 끝에 작은 빛 하나가 보였다. 그 빛을 따라가자 하얀 점처럼 한자리에 머물러 있던 작은 빛이 점점 더 커지더니 눈꺼풀 밑이 환하게 밝아왔다. 빛 속에서 더욱 환한 빛이 섬광처럼 터졌다. 그다음은 다시 어두워졌다. 얼마나 지났을까, 작은 빛 하나가 어른거리다가 하얀빛으로 부풀어 올랐고 이내 무지갯빛으로 바뀌었다. 기주와 상은, 상은 딸의 목소리가 어렴풋이 들려오다가 차츰 선명해졌다.

"밥 먹으러 가야지." 기주의 목소리였다.

"보험 회사에도 들러야 해요." 상은이 말했다.

"거긴 왜?"

"사망보험금이 있더라고요. 확인해보려고요."

"전세금은?"

"그것도 정리해야죠. 병원비하고 장례비까지 치르려면."

"아이, 우리 딸, 불쌍해서 어떻게 해?" 기주가 울먹였다.

"그게 다 내 것이야?" 상은 딸의 목소리가 껴들었다.

"그런 말 하면 못써." 상은이 말했다.

"어제 엄마가 그랬잖아."

"그래. 그래. 다 네 거야." 기주가 말했다. "그러니까 그런 말 하지 마. 이모가 아직 살아 있잖니?"

"의사가 준비하라고 했잖아요. 할머니."

"이모가 가면서 네게 선물을 주나 보다. 사랑한다고 말해줘." 상은이 다정한 목소리로 속삭였다.

"사랑해요." 상은 딸의 목소리가 내 귓전을 울렸다.

"우린 모두 너를 사랑한단다." 상은도 내 귓가에

대고 흐느꼈다.

"밥 먹으러 가야지." 기주가 한숨만 연달아 내쉬다가 다시 힘없는 소리로 말했다.

"병원 근처에 나시고렝 잘하는 음식점이 있는데 거기 갈래요?" 상은이 물었다.

"좋아요." 상은 딸이 대답하자 기주도 그러자고 했다.

면회 시간 종료를 알리는 간호사의 목소리가 이어졌다. 그 소리에 그들이 내 주위로 몰려들었다. 그러고는 멀어졌다.

나는 눈꺼풀 밑을 보고 있었는데 얼마나 그러고 있었는지는 모르겠다. 환한 빛은 계속해서 사그라지지 않았다. 시계 초침 소리가 잦아들고 환자들의 신음과 간호사와 의사의 목소리, 심전도 기계음과 산소 방울이 보글거리는 소리가 하나의 백색소음으로 합쳐져 귓가에 모여들었다. 나는 한동안 그 소리를 듣고 있었다. 그러다가 어느 순간 눈을 떴다. 놀란 목소리들에 이어 요란한 움직임들이 느껴졌다. 떠오르는 태양 빛이 블라인드를 붉게 물들이고 있었다. 나는 시야 가득 차오르는 붉은빛을 보았다.

발문

폭력을 이해하지 않기 위해서

김이설(소설가)

문학은 고통 애호가들의 취미가 아니다.

그러나 고통을 달리 보고 다른 거리에서 보는 문학이야말로 고통의 본질을 직시한다.[*]

마지막 문장까지 다 읽고 난 뒤, 곧바로 소설의 처음으로 돌아가 허겁지겁 다시 읽기 시작했다. 확인해야 할 문장이 있었다. 다행히 찾던 문장은 조용

[*] 박혜진, 「악이 동굴에서 나올 때: 오늘의 한국 소설 속 살인자들」, 『악인의 서사』, 돌고래, 2023, 73~74쪽.("문학은 고통 애호가들의 취미가 아니다. 그러나 고통을 달리 보고 다른 거리에서 보는 문학이야말로 고통의 본질을 직시한다고 말한다면 너무 과한 편애일까.")

히 제자리를 지키고 있다. "이 회귀는 누군가를 이해하려는 시도가 아니라는 점을 명백히 밝혀두고 싶다"는 로아의 선언. 읽는 내내 이 소설을 이해하고 싶지 않다고 여겼던 이율배반적인 마음을 그제야 수긍할 수 있었다.

칠 년 만에 집으로 돌아온 로아를 환영하는 나. 나는 로아의 언니, 상은. "어느 순간 손바닥과 완전히 하나가 되는 나무막대기"를 들고 있는 상은은 "싱거우면 기억에 남지 않으니까 강렬한 첫인상을 선사"하기 위해, 며칠 밤을 숙고한 뒤 이런 계획을 세운다. 처음에는 볼을 건드리고 뺨을 쓰다듬는 체하다가 쥐어박거나 머리카락을 잡아당기기. 그리고 한파를 기다린다. 욕조에 차가운 물을 받는다. "로아를 잡아채 그대로 발가벗겨서 욕조로 밀어 넣"기 위해서였다. 나의 논리는 간단하다. "말을 잘 듣게 하려면 두려움을 심어줘야 하고, 두려움"은 고통의 반복된 체험에서 비롯되므로, 계속 아프게 한다. 지속적으로 가해한다. 멈추지 않고 폭력을 행한다.

상은의 바람대로 로아는 고통을 받았다. 고통은

상처를 남겼다. 훗날 로아는 깨닫는다. "거의 모든 사람이 마음의 상처로 인해 괴로워한다는" 것을. 그런데 이상하다. "상처받은 사람이 이토록 많은데 상처를 준 사람들은 다 어디에 있는 걸까, 궁금했다. 이야기를 들으면 가해자가 수두룩한데 주위를 보면 가해자는 없고 피해자만 수두룩했다." 깨달음 이후엔 언제나 의구심이 고개를 드는 법.

자기가 가해자라고 말하는 사람을 본 적이 없다. 자신은 가해자였다고 고백한 글을 읽은 적도 드물다. 그러나 우리는 가해자였던 적이 있다. 기억이 안 나거나 기억을 못하거나, 혹은 안 난다고 착각하거나 못한다고 믿어버렸을 뿐, 우리는 모두 누군가를 때린 적이 있다. 해한 적이 있다. 그런데 모두 가해를 당했고, 그로 인해 상처를 받았다고 한다. 그러니 로아의 질문이 일리가 있다. 상처를 준 사람들은 다 어디에 있습니까.

그러므로 이 글은 『로아』의 발문(跋文)이나, 발문 (發文)이 아니라 발문(發問)이어야 한다는 것을 새삼 강조해야 하겠다. '跋文'이란 책 끝에 본문의 대강이나 간행의 경위, 날짜, 저자, 기타 관계되는 사항을 간략하게 적은 글이라는 뜻이고, '發文'은 예전에 소식을 전하는 글을 보내던 일이라 한다. '發問'은 질문을 받은 사람이 스스로 다양한 사고를 하면서 답을 찾을 수 있도록 유도하는 질문이라는데, 이 글의 목적이 '發問'이었다면 사실 더 쓸 이야기가 없다는 의미이기도 하다. 이미 모든 질문은 로아가 직접 건넨 탓이다.

모두가 다 피해자인데 도대체 누가 가해했다는 말인가? 상처를 줬다는 사람이 하나도 없는데 그 많은 상처는 다 어디서 비롯된 걸까? 모두가 가해자라 가해자가 없는 걸까?

*

'악인에게 서사를 주지 말라'는 명제에 대해 고민했던 적이 있다. 악인에게 서사를 주면 안 되는 이유가 무엇이냐는 질문도 많이 받았다. 그런데 그 이유에 대해 나만의 언어로 답하기란 쉽지 않았다. 악인에게 서사를 주지 말자는 의견에 적극 동참하겠다는 발언을 할 자격이 있는가에 대해서도 자신이 없었다. 나는 폭력에 대한 소설을 많이 써왔고, 폭력을 당하는 객체가 아니라 폭력을 가하는 주체에 대한 소설도 자주 썼기 때문이다.

폭력을 당하고 폭력을 가하는 이야기처럼 선악의 구분이 분명하면 주제는 명료해지고 작의가 뚜렷해진다. 피해자는 억울하고 부당하며 슬픈 데다 아프다. 그것만으로도 선을 차지할 명분은 차고 넘친다. 반대로 이야기의 중심이 피해자가 아니라 가해자나 폭력의 주체일 때는 리얼리티나 핍진성이라는 단어를 방패 삼아 숨으면 된다. 세계나 사회, 시스템, 계층이나 젠더 같은 오늘의 문제점을 폭력으로 치환해 피해와 가해, 약자와 강자, 선과 악의 구도로 구현하는 것 또한 어렵지 않다. 작고 섬세하고 조심성이 많은 개별적인 인물보다 크고 거친 데다 고집까지 센, 그래서 아무렇게나 고함을 지르고 앞뒤 재지 않고 주먹을 휘두르며 너는 틀렸다고 윽박지르는 인물은 차라리 쉽다는 뜻이다. 위계질서를 운운하며 비논리적이고 몰상식한 관습, 인간적인 한계를 보여주는 인물을 창작하거나 재현하기가 훨씬 용이

했다.

폭력을 가하는 자는 무조건 악인인가, 에 대한 논의는 접어두자. 폭력을 가하는 일에 정당성을 부여할 수 없다는 사실을 근거로 두겠다. 폭력을 행하는 주체나 폭력 행위 자체를 소설의 중심 서사로 삼았을 때의 문제점은 가해자와 그 가해자가 저지른 폭력을 이해하는 과정으로 전이될 가능성이 높다는 것이다. 소설이 가해자를 이해하는 근거가 되거나, 폭력을 합리화하는 동기가 되어선 안 된다. 우리는 가해자와 폭력 그 자체를 이해할 필요가 없다. 이해하면 안 된다. 이해하려는 시도조차도 불순하다. 이해라는 단어가 받아들이고 수긍한다는 의미라면 더더군다나 그렇다.

그런데 로아는 "제가 받은 폭력을 또 다른 폭력으로 돌려주면서 자신은 피해자라 믿"는 사람에 대해 이야기한다.

지나친 자기 연민에 빠져 상처받았다고 말하는 사람들에게 되레 상처받았다. 제 상처만 아프다는 사람들은 세상이 자기를 위해 존재한다고 믿는 듯했다. 고통을 삶의 한 부분으로 받아들이지 않았고 약간의 불편함도 견디지 못했다. 자신을 들여다보는 대신 타인을 들여다보며 자신을 망치고 타인을 망쳤다. 그리고 제 고통의 탓을 남에게 돌리다 못해 각자가 심판관이 되어 타인을 벌했다.

피해자가 명명하는 가해자의 정의가 이제껏 읽어왔던 소설 속의 가해자들과 다르다.

이해하지 못하는 것을 이해한다고 하면서 내 마음을 편히 하려는 게 아니다. 과거로 돌아가 현재를 보려는 것이다. 그 세계에서 내게 그리고 내 가족에게 어떤 일이 일어났는지 알고 싶은 것이다. (…) 그러려면 나를 둘러싼 세계에 어떤 일이 있었는지를 똑똑히 봐야 했다. 거기서 새로운 씨앗이 움틀 거였다. 그 때문에 나는 네가 되어본다. 언니가 되어 나를 본다. 그리고 너의 눈으로 나의 세상을 본다.

내가 맞닥뜨렸던 상처와 고통을 복기하는 일. 내 흉터를 다시 까뒤집어 샅샅이 살펴보는 일은 가장 피하고 싶은 일일 것이다. 보통의 우리라면 상처는 빨리 잊고, 고통은 어서 망각되길 희망한다. 그러나 로아는 그것을 거부한다. 똑똑히 보겠다고 한다. "씨앗이 움터 새순이 흙을 뚫고 나오듯, 꽃봉오리가 벌어지듯, 혈관 끝까지 피돌기가 일어나듯" 다시 활짝 피어나기 위해서다. 폭력의 피해자가 되어 눈을 뜨지 못하는 로아는, 그래서 언제 깨어날지 모르는 로아는, 자신의 사망보험금을 바라는 언니와 조카의 대화를 들어야만 하는 로아는 다시 활짝 피어나기 위해서 씨앗이 되려는 것이다.

무엇으로 피어날 것인가. 당연히 너로 피어나야 한다. 나는 네가 되어야 하므로 너로 피어나기로 한다. 로아는 상은으로 태어난다. 피해자가 가해자가 되는 순간이다. 그러므로 이 소설은 마땅히 상은의 눈으로 로아의 세상을 보는 이야기였어야 한다. 그래야 피해자였던 로아가 가해자였던 상은의 목소리로 로아 자신을 이야기하는 형식이 되기 때문이다. 폭력의 객체와 주체의 완벽한 전복을 통해, 로아의 목소리를 소거하는 것으로 피해자인 로아의 목소리를 더 선명하게 드러내는 방식이다. 그러므로 상은의 목소리가 클수록, 폭력의 강도가 셀수록, 가해의 정도가 깊을수록 상은은 제거되고 소멸되고 삭제될

당위성을 얻는다.

　일찍이 인류는 알 수 없는 것, 끝끝내 알 수 없는 것
을 악하다고 일컬었다. '악하기 때문'이라는 말에는 더
이상의 논의를 불허하는 종식의 의미가 담겨 있다. 그
러나 악하기 때문이라는 말이 알려주는 것은 아무것
도 없다. 악하기 때문이라는 말은 모르기 때문이라는
말을 숨기고 있다. 우리는 모를 때 모른다고 하지 않고
악하다고 말해온 것은 아닐까. 그러므로 악이라는 무
지를 극복하기 위해 악을 재현하는 서사는 '앎'의 서사
를 쌓아 올린다. 앎의 서사는 달리 보는 눈을 통해 구
체화된다.[*]

달리 보는 눈. 그건 너의 자리에 내가 진입하고,
나의 자리에 너를 욱여넣는 일이었다.

*

　소설의 말미에서 로아는 상은의 세계에 대해 "슬
픔의 실체는 없고 자기 연민만 가득"한 세계였다고

---

[*]　박혜진, 같은 글, 같은 책, 71~72쪽.

읊조린다. "타인은 없고 자신만 있"는 세계, "사실은 자신도 없는 세계, 선도 없고 악도 없으며, 이용 가치에 따라 선과 악이 바뀌는 세계, 그 안에서 모든 걸 통제하려고 하지만 아무것도 통제할 수 없기에 늘 불안에 시달리는 세계"였다는 것. 그러니 상은의 세계는 "상처도 슬픔도 모두 전형"인 세계다. 로아는 "전형적인 사고에 갇힌 자에게 자기 언어가 있을 리 없"다고 확신하고, 그러므로 "생각도 없고 변화도 없는 세계, 고작 그런 세계, 고작 그런 사람, 나를 불안에 떨게 했던 이"가 상은의 실체라며, 자신이 당한 폭력의 본질을 꿰뚫는다.

고작 그런 상은은 집을 "아름다운 무질서의 세계, 아름다운 폭력의 세계"로 바라본다. "결핍을 결핍으로 채우는 달콤한 나의 집. 이곳에 로아가 있었다. 무지갯빛 육체가 있었다"고 인식하는 것이다.

그래서 상은은 로아를 때린다. "그냥 로아를 때리고 싶"어서 때린다. 때린 이유가 없으니 이해할 이유도 없다. 폭력의 속성이 그러한 것처럼. 그러므로 상은의 서사는 무의미하다. 그런데 『로아』는 상은의 언어를 빌린 로아의 이야기, 폭력의 속성을 닮았으나 가해자의 변명이 아니라 피해자의 증언이었다. 그러므로 우리는 『로아』를 읽어야 할 당위성과 의미를 갖춘다.

*

사람들은 "조금만 참으라"고 말한다. "인생이란 그런 것이다"라고도 하고, 어쩔 수 없다고, "모두가 그렇게 살아"간다고 함부로 위로를 건네기도 한다. "이해하기 위해 노력할 필요는 없다. 이해하려고 노력한다는 말은 몰이해의 증거일 뿐이니까"라는 로아의 독백이 오래 기억에 남는 문장이 되는 까닭이다.

그러니 모든 것을 알고 싶지 않다. 세상에 다시 태어날 수 있다는 비밀만 알고 있다면 사실 필요한 건 아무것도 없다. '나'는 피해자이자 생존자이고, 생존자는 결국 승자가 될 것이다. 소설과 역사가 공존하는 순간이다. 이 사실을 이해하지 못할수록 당신은 안전하다는 증거가 될 것이다.

로
아

초판 1쇄　　2025년　1월　2일

지은이 최정나
펴낸이 박진숙 | **펴낸곳** 작가정신
편집 황민지 | **디자인** 이현희 | **마케팅** 김영란
재무 이하은 | **인쇄 및 제본** 한영문화사

주소 (10881) 경기도 파주시 광인사길 143 2층
대표전화 031-955-6230 | **팩스** 031-955-6294
이메일 editor@jakka.co.kr | **블로그** blog.naver.com/jakkapub
페이스북 facebook.com/jakkajungsin
인스타그램 instagram.com/jakkajungsin
출판 등록 제406-2012-000021호

ISBN 979-11-6026-353-4 03810

이 책의 판권은 저작권자와 작가정신에 있습니다.
이 책 내용의 전부 또는 일부를 재사용하려면 양측의 서면 동의를 받아야 합니다.